灼华诗丛

竹珊 著

最好的秋天

陕西新华出版
太白文艺出版社·西安

图书在版编目（CIP）数据

最好的秋天 / 林珊著. -- 西安：太白文艺出版社，2022.3（2023.6重印）
　（灼华诗丛）
ISBN 978-7-5513-2103-7

Ⅰ.①最… Ⅱ.①林… Ⅲ.①诗集－中国－当代 Ⅳ.①I227

中国版本图书馆CIP数据核字(2022)第037487号

最好的秋天
ZUIHAO DE QIUTIAN

作　　者	林　珊
责任编辑	靳　嫦
封面设计	郑江迪
版式设计	建明文化
出版发行	太白文艺出版社
经　　销	新华书店
印　　刷	三河市同力彩印有限公司
开　　本	889mm×1194mm　1/32
字　　数	99千字
印　　张	7.375
版　　次	2022年3月第1版
印　　次	2023年6月第2次印刷
书　　号	ISBN 978-7-5513-2103-7
定　　价	45.00元

版权所有　翻印必究
如有印装质量问题，可寄出版社印制部调换
联系电话：029-81206800
出版社地址：西安市曲江新区登高路1388号（邮编：710061）
营销中心电话：029-87277748　029-87217872

诗人给了世界新的开始

——"灼华诗丛"八位诗人读记

◎霍俊明

由"灼华"一词，人们可能首先想到的是《诗经》中的那首诗，想到四季轮回的初始和人生美妙的时光。太白文艺出版社"灼华诗丛"的编选目的和标准都很明确，即入选的诗人大抵处于精力旺盛的阶段且写作已经显现个人风格或局部特征。平心而论，我更为看重的是当代诗人的精神肖像，"持续地／毫无保留地写／塑造并完成／我在这个世界中的独立形象"（马泽平：《我为什么要选择写诗》）。对于马泽平、杨碧薇、麦豆、熊曼、康雪、林珊、李壮和高璨这八位诗人而言，他们的话语方式甚至生活态度都有着极其明显的差异，但总是那些具有"精神肖像"和"精神重力"的话语方式更能让我会心。正如谢默斯·希尼所直陈的那样："我写诗／是为了看清自己，使黑暗发出回声。"（《个人的诗泉》）由此生发出来的诗歌就具有了精神剖析和自我指示的功能，这再一次显现了诗人对自我肖像以及时间渊薮的剖析、审视能力。自觉的写作者总会一次次回到这个最初的问题——为何写作？我一直相信，真正的写作会带动或打开更多的可能性，而诗人给了世界新的开始。这样的诗歌发声方式更类似于精神和生命意义上的"托付"，恰如谢默斯·希尼所说的，使"普通事物的味道变得新鲜"。

几年前读露易丝·格丽克的诗的时候，给我印象最深的一句是"总是太多，然后又太少"。诗人面对当下境遇和终极问题说话，并不是说得越多越好，相比而言说话的方式和效力更为重要。由此，真正被诗神选中和眷顾的永远都不可能是多数。

马泽平的诗让我们看到了频繁转换的生活空间和行走景观，当然还有他的脐带式的记忆根据地"上湾"。在米歇尔·福柯看来，20世纪是一个空间的时代，而随着空间转向以及"地方性知识"的逐渐弱化，在世界性的命题面前人们不得不将目光越来越多地投注到"环境""地域"和"空间"之上……

我这样理解关于一个地名的隐秘史
它有苍茫的一面：春分之后的黄沙总会漫过南坡
坟地
也有悲悯的一面：
接纳富贵，也不拒绝贫穷，它使乌鸦和喜鹊
同时在一棵白杨的最高处栖身

这几句出自马泽平的《上湾笔记》。"上湾"作为精神空间和现实空间的融合体，再一次使诗歌回到了空间状态。这里既有日常景观、城市景观、自然景观以及地方景观，又有一个观察者特有的取景框和观看方式。诗歌空间中的马泽平大抵是宽容和悲悯的，是不急不缓而又暗藏时间利器的。他总是在人世和时间的河流中留下那些已然磨亮的芒刺。它们并不针对这个外部的世界，而是指向精神渊薮和语言处境。就马泽平的语调和词语容量来说，我又看到了一个人的阅读史，他也时时怀着与诗人和哲学家"对话"和"致敬"的冲动。这再次印证了诗歌是需要真正意义上的命运伙伴和灵魂知己的，"一个人和另一个人／有了同样的生辰"（《一个和另一个》）。

杨碧薇出生于滇东北昭通，但是因为城市生活经验的缘故，她的诗反倒与一般意义上的"昭通诗群"和"云南诗人"有所区别，也与很多云南诗人的山地经验和乡村视角区别开来。这一区别的产生与其经验、性格、异想方式乃至诗歌和艺术趣味都密切关联。杨碧薇是一个在现实生活版图中流动性比较强的人，这种流动性也对应于她不同空间的写作。从云南到广西，到海南，再到北京，这种液体式的流动和开放状态对于诗歌写作而言是有益的。"一枚琥珀在我们的行李箱里闪亮，宛若初生。"（《立春》）与此相应，杨碧薇的每一首诗都注明了极其明确的写作地点和时间，是日记、行迹和本事的结合体。读杨碧薇的诗，最深的体会是，她好像是一个一直在生活和诗歌中行走而难以停顿的人,是时刻准备"去火星旅行"的人。杨碧薇的诗有谣曲、说唱和轻摇滚的属性,大胆、果断、逆行,也有难得的自省能力。无论是在价值判断上还是在诗歌技术层面,她都能够做到"亦庄亦谐"。"诗与真"要求诗歌具备可信度,即诗歌必然是从骨缝中挤压出来的。这种"真"不只是关乎真诚和真知,还必然涵括一个诗人的贪嗔痴等世俗杂念。质言之,诗人应该捍卫的是诗歌的"提问方式",即诗歌应该能够容留"不纯""不雅"与"不洁",从而具备异质包容力和精神反刍力。与此同时,对那些在诗歌中具有精神洁癖的人,我一直持怀疑的态度,因为可读性绝对离不开可信性。杨碧薇敢于撕裂世相,也敢于自剖内视,而后者则更为不易。这是不彻底的诗和不纯粹的诗,平心而论,我更喜欢杨碧薇诗歌中的那份"不洁"和"杂质",喜欢这种颗粒般的阻塞感和生命质感,因为它们并未经过刻意的打磨、修饰和上蜡的过程。

麦豆是80后诗人中我较早阅读的一位,那时他还在陕西商洛教书。麦豆诗歌的形制自觉感越来越突出,这也是一个诗人逐渐成熟的标志之一。麦豆的诗中闪着一个个碎片的亚光,这些碎片通过瞬间、物象、人物、经验,甚至超验的形式得以产生不同的精神质素。这是一个个恍惚而真切的时间碎片、生命样本、现实切片以及存在内核。与命运和时间、世相命题融合在一起的碎片更能够牵引我的视线,这是跨越了表象栅栏之后的空地,也表示世界以问题的形式重新开始。在追问、叩访、回溯和冥想中那些逝去之物和不可见之物重新找到了它们的影像或替身，它们再次通过词语的形式来到现场。比如："去河边散步／运气好时／会碰上一位像父亲的清洁工／划着船／在河面上捕捞垃圾／而不是鱼虾／／运气再好些／会遇见一只疾飞的翠鸟／记忆中／至少已有十年／没有见到身披蓝绿羽毛的翠鸟／仿佛一个熟悉的词／在字典里／突然被看见／／但近来运气每况愈下／平静的河面上／除去风／什么也没有／早晨的雾气消散得很快／父亲与翠鸟／被时光／永远拦在了一条河流的上游。"（《河流上游》）这些诗看起来是轻逸的，但是又具有小小的精神重力。"轻逸"风格的形成既来自一个诗人的世界观，又来自语言的重力、摩擦力、推进力所构成的话语策略，二者构成了米歇尔·福柯层面的"词与物"有效共振，以及卡尔维诺的"轻逸"和"重力"型的彼此校正。"世世代代的文学中可以说都存在着两种相互对立的倾向：一种倾向要把语言变成一种没有重量的东西，像云彩一样飘浮于各种东西之上，或者说像细微的尘埃，像磁场中向外辐射的磁力线；另一种倾向则要赋予语言以重量和厚度，使之与各种事物、物体或感觉一样具体。"（卡尔维诺：《美国讲稿》）它们是一个个细小的切口，是日常的所见、所闻、所感，是一个个与己有关又触类旁通的碎片，是日常情境和精神写实的互访与秘响。这些诗的沉思质地却一次次被擦亮。

认识熊曼转眼也好多年了。那时她还在武汉一个公园里的独栋小楼里当编辑,参加活动与人见面交流的时候几乎没有超过两句话。记得有一年我去扬州参加活动,熊曼在吃午饭的时候到了饭店,拉着一个不大不小的行李箱。我饭后下楼的时候,总觉得一个女孩子提着行李箱会让男人有些不自在,于是我帮她提着行李箱下楼,然后又一路拉回酒店。那时扬州正值春天,但那时的扬州已经不是唐宋时期的扬州。过度消耗的春天仍有杀伐之心,诗人必须有强大的心理准备,当然还必须具备当量足够的词语场,也许对于每一个诗人来说夜晚都是形而上的。"每天清晨我都要打开窗户",对于熊曼而言这既是日常的时刻,又是认知自我和精神辨认的时刻。诗人总是需要一个位置来看待日常中的我与精神世界的复杂而多变的关系。围绕着我们的可见之物更多的是感受和常识的部分,而不可见之物则继续承担了诗歌中的疑问和终极命题,"但我知道世界不仅仅 / 由看得见的事物构成 / 还有那看不见的 / 因此每天清晨我都要打开窗户 / 让那看不见的事物进来 / 环绕着我 // 仿佛这样才能安心 / 仿佛我是在等待着什么"(《无题》)。它们需要诗人的视线随之抬升或下降,也得以在此过程中认知个体存在的永远的局限和障碍,比如焦虑、孤独、恐惧、生死,"雨像一道栅栏 / 禁锢了我们向外部世界迈出的双足"(《初夏》)。在熊曼的诗中我们也常常遇到精神自我与日常家庭生活和社会景观叠加的各种镜像在一个人身上重组的过程,这是另一种社会教育,是不可避免的重复谈论的话题。任何一个写作者都会在诗中设置实有或虚拟的"深谈"对象,这是补偿甚至是救赎。情感、经验甚至超验体现在诗歌中实际上并无高下之别,关键在于它们传达的方式以及可能性,在于它们是否能够再次撬动或触发我们精神世界中的那些开关按钮。

康雪更为关注的是习焉不察的日常细节和场景所携带的特殊的精神信息。这些精神信息与其个体的感受、想象是时时生长在一起的。这是剪除了表象枝蔓之后的一种自然、原生、精简而又直取核心的话语方式。康雪的诗让我想到了"如其所是"和"如是我闻"。"如其所是"印证了"事物都完全建立在自己的形状上"(谢默斯·希尼),是目击的物体系及其本来面目,其更多诉诸视觉观瞻、襟怀,以及因人而异、因时而别的取景框。"如是我闻"则强化的是主体性的精神自审和现象学还原,是对话、辨认或自我盘诘之中的精神生活和知性载力。"最后一次在云南泸沽湖边的/小村子/看到一株向日葵,开出了/七八朵花/每一朵都有不同的表情//这是一种让我望尘莫及的能力/我从来没法,让一个孤零零的肉体/看起来很热闹。"(《特异功能》)确实,康雪的写作更接近"捕露者"的动作和内在动因。"在刚过去的清晨,我跪在地上/渴望再一次通过露珠/与另外的世界/取得联系/我想倾听到什么?"(《捕露者》)如露如电,如梦幻泡影。如此易逝的、脆弱的、短暂的时刻,只有在精敏而易感的诗人那里才能重新找回记忆的相框,而这一相框又以外物凝视和自我剖析的方式展现出来。康雪的诗中一直闪着斑驳的光影，有的事物在难得的光照中，更多的事物则在阴影里。这既是近乎残酷的时间法则，又是同样残酷的世相本身。"太阳对于穷人多么重要／在屋顶，我们能得到的更多／／并不会有很多这样的日子／可以什么都不做／一直坐在光照耀的地方——／／有三只羊在吃灌木上的叶子／我的女儿趴在栏杆边看得入迷／她后脑勺上的头发闪着光。"（《晴天在屋顶避难的人》）

林珊的诗歌不乏情感的自白和心理剖析的冲动，这代表了个体的不甘或白日梦般的愿景。而我更为看重的是那些更带有不可知的命运感和略带虚无的诗作，它们如同命运的芒刺或闪电本身的旁敲侧击，犹如永远不可能探问清楚而又令人恐慌和惊颤的精神渊薮。"父亲，空山寂寂，我是唯一／在黄昏的雨中／走向深山的人／为了遇见更多的雨，我走进更多的／漫无尽头的雨中／沿途的风声漫过来／啾啾的鸟鸣落下来／现在，拾级而上的天空，倾斜，浮动／枯黄的松针颤抖，翻转，坠入草丛／雾霭茫茫啊／万千雨水在易逝的寂静中破裂，聚集。"（《家书：雨中重访梅子山》）"父亲"代表的并不单是家族谱系的命运牵连，而是精神对话所需要的命运伙伴，就如林珊《最好的秋天》中反复现身的"鲁米先生"一样，他一次次让对方产生似真似幻而又无法破解的谜题，诚如无边无际的迷茫雨阵和寒冷中微微颤抖的事物。"雨"和"父亲"交织在一起让我想到的必然是当年博尔赫斯创作的《雨》，二者体现出互文的质素。"突然间黄昏变得明亮/因为此刻正有细雨在落下/或曾经落下/下雨无疑是在过去发生的一件事//谁听见雨落下/谁就回想起那个时候幸福的命运/向他呈现了一朵叫作玫瑰的花/和它奇妙的鲜红的色彩//这蒙住了窗玻璃的细雨/必将在被遗弃的郊外/在某个不复存在的庭院里洗亮//架上的黑葡萄潮湿的暮色/带给我一个声音我渴望的声音/我的父亲回来了他没有死去。"这是迷津的一次次重临,诗歌再一次以疑问的方式面对时间和整个世界幽深的纹理和沟壑。猝然降临又倏忽永逝是时间的法则,也是命运的真相,而最终只能由诗人和词语一起来担当渐渐压下来的负荷。

我和李壮曾经是同事,日常相熟,他的评论和即兴发言都让人刮目相看,他一直在写诗我也是心知肚明。李壮还爱踢足球,但是因为我没有亲历,所以对他的球技倒是更为好奇。诗歌从来都不是"绝对真理",而是类似于语言和精神的"结石",它们于日常情境中撕开了一个时间的裂口,里面瞬息迸发出来的记忆和感受粒子硌疼了我们。在词语世界,我看到了一个严肃的李壮,纠结的李壮,无厘头的、戏谑的李壮,以及失眠、略带疲倦和偶尔分裂的李壮。"这个叫李壮的人/全裸着站在镜子里/我好像从来不曾认识过他。"(《这个叫李壮的人》)每一个人都是一个星球,也是一座孤岛。李壮的诗歌视界带来的是一个又一个或大或小、或具体或虚化的线头、空间和场所,它们印证了一个人的空间经验是如此碎片化而又转瞬即逝。这个时代的人们及其经验越来越相似而趋于同质化,诗歌则成为维护自我、差异的最后领地或飞地,这也是匆促、游荡、茫然的现代性面孔的心理舒缓和补偿机制。尤其当这一空间视野被放置在迷乱而莫名的社会景观当中的时候,诗人更容易被庞然大物所形成的幻觉遮蔽视线,这正需要诗人去拨开现实的雾障。速度史取代了以往固态的记忆史,而现实空间也正变得越来越魔幻和不可思议。在加速度运行的整体时间面前,诗人必须时刻留意身后以及周边的事物,如此他的精神视野才不致被加速度法强行割裂。凝视的时刻被彻底打破了,登高望远的传统已终止,代之而起的是一个个无比碎裂而又怪诞的时刻。《李壮坐在混凝土桥塔顶上》通过一个特殊的观察位置为我们揭开了一个无比戏剧化的城市密闭空间和怪异的具有巨大稀释效果的现代性景观。"古人沉淀于江底的声音在极短一瞬 / 被车流松开了离合 / 一只猫的梦里闪过马赛克花屏 // 也必然是在这样的时刻,李壮 / 会坐到未完工的混凝土桥塔顶上 / 坐到断绝的水上和无梯的空中 // 会朝我笑着打出一个响指 / 隔着39楼酒店房间的全密闭玻璃 / 我仍确信我听到了。"如果诗人对自我以及外物丧失了凝视的耐心,那么一切都将是模糊的、匆促的碎片和马赛克,一个诗人的精神襟怀和能见度也就根本无从谈及。所以,诗人的辨识能力和存疑精神尤为关键,这也就是里尔克所说的"球形经验"。"羞耻得像雪,就只应该降临在夜里 / 第二天当我推开门 / 已不能分辨其中任何一片被称作雪的事物 / 我

只能分辨这人世被盖住的/和盖不住的部分。因此雪也是没有的。"(《没有雪》)

高璨的诗，这是我第一次集中阅读。她的诗中一直有"梦幻"的成分，比如"月亮""星星""星空""梦"反复出现于她的诗中。但是更引起我注意的是那些通过物象和场景能够将精神视线予以抬升或下沉的部分，比如《河流的尽头》《静物》这样的诗。它们印证了诗人的凝视能力和微观视野，类似于"须弥纳于芥子"般的坛城或戴维·乔治·哈斯凯尔的"看不见的森林"，这也验证了"词与物"的生成和有效的前提。器物性和时间以及命运如此复杂地绕结在一起。器物即历史，细节即象征，物象即过程。这让我想到的是1935年海德格尔在《艺术作品的本源》中对凡·高笔下农鞋的现象学还原。这是存在意识之下时间和记忆对物的凝视，这是精神能动的时刻，是生命和终极之物在器具上的呈现、还原和复活。"从鞋具磨损的内部那黑洞洞的敞口中，凝聚着劳动步履的艰辛。这硬邦邦、沉甸甸的破旧农鞋里，聚积着那寒风陡峭中迈动在一望无际的永远单调的田垄上的步履的坚韧和滞缓。鞋皮上沾着湿润而肥沃的泥土。暮色降临，这双鞋在田野小径上踽踽而行。在这鞋具里，回响着大地无声的召唤，显示着大地对成熟谷物的宁静馈赠，表征着大地在冬闲的荒芜田野里朦胧的冬眠。这器具浸透着对面包的稳靠性的无怨无艾的焦虑，以及那战胜了贫困的无言的喜悦，隐含着分娩阵痛时的哆嗦、死亡逼近时的战栗。这器具属于大地，它在农妇的世界里得到保存。正是由于这种保存的归属关系，器具本身才得以出现而得以自持。"当诗歌指向了终极之物和象征场景的时候，人与世界的关系就带有了时间性和象征性，"物"已不再是日常的物象，而是心象和终极问题的对应，具有了超时间的本质。"在今天，飞机和电话固然是与我们最切近的物了，但当我们意指终极之物时，我们却在想完全不同的东西。终极之物，那是死亡和审判。总的说来，物这个词语在这里是任何全然不是虚无的东西。根据这个意义，艺术作品也是一种物，只要它是某种存在者的话。"（海德格尔：《艺术作品的本源》）

粗略地说了说我对这八位诗人粗疏的阅读印象，实际上我们对诗歌往往怀有苛刻而又宽容的矛盾态度。任何人所看到的世界都是有限的，而对不可见之物以及视而不见的类似于"房间中的大象"的庞然大物予以精神透视，这体现的正是诗人的精神能见度和求真意志。

在行文即将结束的时候，我想到其中一位诗人所说的：

你决定停止
早就是这样：你看清的越来越多
写下的，越来越少

2021 年 5 月于北京

目录

第一辑　西岭街

003	永不知疲倦的雪
004	晚归
005	家书：雨中重访梅子山
007	吴堡
009	最好的秋天
010	海上钢琴师
012	西岭街
013	晚秋
015	白墙补记
017	巴黎的春天
019	黑白帖
021	北洼路三十三号
022	云山客栈

1

024	山行
026	塔罗牌
027	小镇
028	西三环北路
030	回答
031	新年的第一首诗
032	背包
034	天亮了
036	安基山
037	玲珑路
039	黄河二碛
040	他站在一张旧照片里
042	归途
043	木荷
044	一生中有多少这样的时刻

第二辑 我从未与你相逢

049	北京的秋天
050	我看见了雪

051	寒山记
053	暮年
054	云上书吧
055	廊桥遗梦
058	小庄路口北
060	十二月
062	雪为什么总是落在别处
063	雨声
065	深夜，重返北京
067	八里庄北里
068	我只有江南的雨声
069	馈赠
071	平安夜
073	冬至日，重访天坛
074	篝火
075	一月
076	我从未与你相逢
077	腾格里沙漠
079	时间终是会给予我们答案
081	最好的结局
083	雨，或是白杨

086	起风了
088	镜中
090	父与子
092	风还是没有来
095	我不要再做那个深情的人
096	明镜
098	我看到我们在人群中相逢
100	告别
102	紫禁城
104	暮春的四行

第三辑　那一年我们遇见了雪

107	夜雨寄北
108	断章
109	致阿米亥
111	夜色中的河流
112	每一个落叶残缺的秋天
113	无极
115	秋天来了

116	虚构的雪
118	群山和墓碑
120	抖落叶子的树
122	另一种生活
124	漂流瓶
125	她苍老得不成样子
127	抒情
129	只有细雨给我带来一些安慰
131	突然降临的雨
133	再不会有这样的时光了
134	你是我永远走不出的迷宫
135	家书：离人心上秋
136	重写秋天
137	贺兰山谷
139	阿拉善
141	读书日
142	清明，兼答彦松
143	小欢喜
145	万佛寺的落日
146	一个梦和另一个梦
148	喜鹊

150	永不褪色的回忆里
153	一九九七年的夏天
156	村居
158	那一年我们遇见了雪
159	刷墙记

第四辑　我们在雨里

163	这不是北方的秋天
164	一江水
166	十一月
168	乌桕镇
170	一场雪
172	卖花的女人
174	父亲
176	图书馆
178	月光，或是枯槐
179	春天的消息
180	新年还没有降临
181	故乡

183	桃江路六号
185	外祖父
187	弦月
189	竖琴
190	这样的夜晚
192	月光照耀过他
194	家书：春天
196	家书：黄昏
198	孤岛
199	白袍子，白鸽子
200	秋分
201	读《城市与狗》
202	四行
203	痛彻心扉
204	送别
205	结局
206	我们在雨里
207	黄昏从来都只属于相爱的人
208	北方
209	白鹭
210	一九八三

211 | 写给他
212 | 良愿

第一辑 西岭街

永不知疲倦的雪

那些洁白的雪

虚无的雪

从空中飘落下来

这个夜晚

昏黄的路灯下

更多的雪

从空中飘落下来

和春天所有破茧而出的

蝴蝶一样

雪拥有美丽的翅膀

从不曾磨损的翅膀

永不知疲倦的翅膀

而我站在原地

仿佛也从不曾磨损

永不知疲倦

只是为了等待

一场雪

只是为了等待

一个可以共白首的人

晚归

所以给她欢腾的黄昏,夜晚有贫瘠的土地
所以给她断弦的竖琴,人世有滚烫的悲喜

家书：雨中重访梅子山

父亲，空山寂寂，我是唯一
在黄昏的雨中
走向深山的人
为了遇见更多的雨，我走进更多的
漫无尽头的雨中
沿途的风声漫过来
啾啾的鸟鸣落下来
现在，拾级而上的天空，倾斜，浮动
枯黄的松针颤抖，翻转，坠入草丛
雾霭茫茫啊
万千雨水在易逝的寂静中碎裂，聚集
万千雨水路过我
朝向我
淋湿我
"在那座吊桥上
在如今成为纪念日的那一天
我的青春结束。"
父亲，来自遥远国度的诗篇

流传至今
我想起阿赫玛托娃晚年时
在科马罗沃的雨中
所获得的安宁
一九一〇年的春天过去了
二〇二〇年的雨季来临了
杜鹃花零星地开着
木姜子空茫地绿着
父亲，天色很快就要暗下来
父亲，我独自走在黄昏的
雨中

吴堡

亲爱的鲁米先生,辗转千里
我终于在深秋的十月末
抵达吴堡石城。我在便笺里写下的
是这样的关键词:铁葭州,铜吴堡
城墙,县衙,庙宇,书院,女校,驼队
石窟,客栈,饭馆,南北二道街坊
我还没来得及写下的,是历史的云烟
嘹亮的号角,马革裹尸,残垣断壁……
荒草漠漠啊,这铜墙铁壁的
十万平方米的城池
当我走在千年古道上
落日辉映出我长长的影子
我在瞬间有了些许恍惚
我问我自己
到底是什么,让我来到了这里
到底是什么,让我回到了这里
一些残存的记忆或许比漫漫风沙里的
石头,更为牢固

这一切,这无法言说清楚的一切
是源自一部电影
一本书
还是一个人在某一个瞬息
无法避开的红尘
恍若一梦的前世
亲爱的鲁米先生,此刻秋风四起
我们不提前世也罢
如果有来生,如果有来生
我希望,能够早一点儿
遇见你

最好的秋天

一个人,究竟能够拥有多少个秋天

多少片树林,多少片落叶

又有多少列火车,穿过树林

穿过落叶,从远方

驶入你的山岗,你的湖泊

你的旷野

我们永远也无法预知

每一个秋天,将会给我们

带来些什么。时光隐匿了

多少悲喜

站台目睹过多少离别

我希望你将来为我描述的

永远是

这样一个暮晚——

绵长的汽笛声

由远而近。之后,是万籁俱寂

是我们的脚边

只有风吹落叶的声音

海上钢琴师

莫妮卡,黑白琴键上落满了灰尘
琴谱摊开在第三十九页
你已经很久没有坐在窗前
弹奏过一支曲子
听说你的钢琴老师,远赴异乡
他带走了他的钢琴、外套、快餐盒
和二〇一九年的春天
莫妮卡,《海上钢琴师》4K 修复版
已经上映了好些时日
你应该带上你的止咳药和保温杯
去电影院,好好待上一个下午
1900 是他的名字,他是一个
从来没有走上过陆地的天才钢琴师
他在大海出生,生活,死亡
他被一群水手养大
他对一个女人一见倾心
他从来没有见过他的母亲
"在那个无限蔓延的城市里

你唯一看不见的,是它的尽头。"

——这是影片中,最经典的台词之一

莫妮卡,船靠港口,浓雾中的自由女神像

若隐若现,人们挥舞手臂欢呼雀跃

那些苦难与困境,都被抛诸脑后(即便这只是暂时的)

电影还没有结束

你已写下一首诗的结尾

"我们生活在和平年代的祖国

幸福多么辽阔。我们不曾经历过

烽火、战乱和颠沛流离。"

西岭街

那些摇曳的油菜花,多么明亮啊
多像一个人,顶着空谷的落日,在云朵下
奔跑,而那些樱桃树上的花瓣,就要落尽了
白茫茫的一片,垂向肃然的泥土
寻求更好更久的归宿
春风浩荡啊,青草漠漠
人世在此时,已不值一提
当我走在春天的西岭街
有的落花已成为流水的一部分
有的故乡已成为回忆的一部分
当我低着头,路过山峦,村庄,湖泊
和几株长满嫩叶子的老柳树
走向更深更绿的田野
我们爱过的人
已消失在更远的远处

晚秋

亲爱的鲁米先生,此刻秋意正浓
时间从不曾亏欠什么
挽留什么

趁着夕阳没有变换形状
我去拜访李叔同故居
一百多年过去,他仍在沉思

白墙上,赫然在目的,是"悲欣交集"
亲爱的鲁米先生,一念放下,万般从容
我是站在一地秋风里

我想起一些故人,一些往事
每个人的一生
都是一部早已写好的剧本吧

只是我们深陷其中,浑然不知。恰如他
前半生浪迹燕市,后半生晨钟暮鼓

这会不会就是一种宿命呢?

亲爱的鲁米先生,二〇二〇年就要过去了
我们会不会在人群中相逢
亲爱的鲁米先生,再见。你好

白墙补记

那些空白,可以再辽阔一点儿吗?

每次面对一堵白墙的时候

我总是希望,那些空白

可以再多一点儿,再多一点儿

这样我就仿佛可以置身于

遥远的荒漠,或是无垠的草地

重返南方后的夜晚

我有时也会坐在一盏枯灯下

面对一张白纸,长久地出神

我总是无法预料,我将要在那巨大的

空白中,写下些什么

直到窗外的曦光

就在这样的空白中

一点儿一点儿加深

最先传出鸟鸣的,一定是

院子里那株白玉兰

十八年过去了

一些悲喜,停在那里

翻滚，起伏，随风而逝
如今我看到的每一片叶子
都历经了枯槁与新绿
这多么多么像
我们之间
无法避开的宿命

巴黎的春天

卡蜜儿，这一生的路程
你在疯人院独自待了三十三年后
终于走完
在罗丹的传记里
"C小姐或某女艺术家"是你的身份
你连名字都不配拥有
那么，那些眼眸里的深情，算什么
那为爱奉献了的全部的青春，算什么
十五年弹指一挥间啊
失去青春的女人是你
韶华远逝的老妇是你
才华横溢的是你
声名狼藉的是你
完满的是你
破碎的是你
"我甚至希望从来没有遇见过你
从来不曾认识你。"
卡蜜儿，很多时候

懊悔毫无用处

泪水也是

这一生的路程

你在疯人院独自待了三十三年后

终于走完

你看见了什么

你听见了什么

众人之中,你看见了我

我看见了你

卡蜜儿,巴黎的春天

雨一直在下

我希望在雨中走过的

每一个女孩儿

都不会,是你

黑白帖

临帖数月,从《泊秦淮》《南国十三》
到《江南春》《乌衣巷》《送孟浩然之广陵》
这个夜晚,我的手里,还剩下
薄薄的,最后一张
当我终于挥笔写下"清明"二字
一些感伤,无可避免地,纷至沓来
我看到乌黑的墨迹里,隐藏着更深的
一部分
那些久别的面孔
那些未绝的余音
在此刻,一一浮现出来
是的,无须反复确认
我想象中的寒风
无数次拂过他们衰老多褶的脸
多少个苍茫的暮晚
多少个荒凉的长夜
浩瀚的星辰,也同样见证过
满目的疮痍,无边的黑暗

那些我看不见的,他们全部得以看见
那些我听不见的,他们全部得以听见
哪怕是在枯草下,哪怕是在孤坟里
而我深知,这个夜晚,黑暗所藏甚多
我已无法开口说出:
梨花盛开在来年二月
弦月照不见我悲伤的脸

北洼路三十三号

亲爱的鲁米先生

今天的落叶和昨天的落叶不同

昨夜大雨倾盆,我听了一夜雨声

也不曾知晓,萧瑟的雨声里

究竟藏匿了什么

"如果你是我的灵魂所在,我所说的话并不会

只是一个断言。"

我在病中重温一本诗集

在灯下写一封长信

我多么希望能够得到命运的指引

我需要虚度多少时光

才能遇见那个对的人

我需要走多远的路

才能回到我们的家中

云山客栈

我知道，落日醉心于山谷
苔痕醉心于溪涧
岩石醉心于密林
恰如我，在这个冬日的黄昏
醉心于，一棵迎客松
站在客栈前
迎着风，翻滚，起伏
寒风中，这苍茫的群山
翠竹，红枫，铁线莲，紫珠
有无法描绘的美
我知道就在几天前
一场新雪
覆满繁花落尽的何首乌
而此刻，晚霞弥漫的山谷中
亮出歌喉的，是百灵和云雀
是黄鹂和画眉
远离人群，走在落日中
因为无端欢喜，而涌出热泪的

是万千个你

和我

第一辑　西岭街

山行

亲爱的鲁米先生

我还是去得晚了一些

满山的黄叶已经落尽了

只有风,从山顶袭来

枯草里的星辰是什么时候撒下的

瓦楞上的残雪是什么时候落下的

香山寺的钟声也无法给予我

想要的答案

下山的老人,迎面而来

他拄着一根拐杖

把石径敲得咚咚作响

而我此刻身陷险境

无法与他擦肩而过

只有满树的鸟鸣

溅满我的肩膀

这之后

鸿雁与天空是我的

丰饶与枯竭是我的

整座寒山,是我的

这之后

唯有我,迎着风

拾级而上

听禅音萦绕

听木鱼声绕梁

亲爱的鲁米先生

我双手合十

我两手空空

我也有不为人知的悲伤

塔罗牌

他缠着我,让我继续抽取一张
塔罗牌。他问我
这一次,想要预测什么
继事业、寿命之后
这世间,剩下的
仿佛只有爱情
可是爱情曾经多么令人
心碎
我出神的片刻
他翻动书页,揭晓答案
噢,亲爱的孩子
又一个春天过去了
这是我离开他的
父亲之后
第一次,在他面前
谈论爱情

小镇

你有没有想过

这样去见一个人

火车停靠在北方的小镇上

白桦林沿着蜿蜒的铁轨奔跑

麦田的尽头,显出隐形的波纹

冰封的河流寂然无息

教堂的钟,城墙的铭文

都是孤独的

敞开的窗子,枝丫间的鸟巢

和天空保持适当的距离

暮色里,大雪纷飞

街道上空无一人,只有枯叶

萧瑟地铺展

空旷中,你爱上落满白雪的残笺

空旷中,你再也不必转身离去

西三环北路

亲爱的鲁米先生,这个秋天的
第一片黄叶,你看见了吗?
我已经很久没有去江边散步了
北方的秋天比南方更冷,更早
桃江路的桂花开到荼蘼时,我正走在
西三环北路。人潮拥挤啊,深夜十点
地铁里仍挤满一张张疲惫不堪的脸
我有时坐在他们身边
就像是坐在一堆沉默的落叶中间
我会有无法抑制的叹息
有一次,我盯着车厢里的一位老人
看了很久
她穿了一双沾满尘土的旧鞋子
把头埋在鼓鼓的背包上打瞌睡
风吹乱她的白发
我听到她起伏的鼾声
却看不清她苍茫的脸
车厢冗长啊,来往脚步匆忙

我陷入不安之中,我希望她睡得安稳
又担心她错过站台
亲爱的鲁米先生,你知道吗?
我早已写下这首诗的结尾
"这些年,我遇见的
每一位,白发苍苍的老人
都多么像我离世多年的外祖母啊。"

回答

是的,我将无数次往返深山与人世
是的,我将耗尽所有的回忆忘记你

新年的第一首诗

我该如何接受这孤独与寂静
这阴冷的、潮湿的南方
这陡峭的山峦,这修补的城墙
很多个夜晚
我反复临摹的《心经》
出现次数最多的,是"无"
"佛的悟,最终是什么?"
"是万般皆空。"
"既然已有,如何入空?"
"无有恐怖,远离颠倒梦想。"
这永无尽头的,执念与虚空
终究是无法避开的话题
那让我在无数个梦中
陷入绝境的
是灰暗,是匮乏
是难以描述的过往

背包

一个背包对于我们

究竟意味着什么

在机场,火车站,地铁口

背包的人,都走得极快

我的背包,也曾跟随我

从南方辗转到北方

从丘陵辗转到平原

从草原辗转到荒漠

山水迢迢间

我从背包里掏出过笔记本,手机,钱包

也掏出过保温杯,晕车药,止痛片

有一年冬天

在玉舍村

肃穆的祠堂里

我还掏出过一纸悼词

那个披麻戴孝

站在人群中

哽咽着

念悼词的

是我的父亲

第一辑　西岭街

天亮了

木槿花开了又落

落了又开

没有你的夏天

很快就要过去了

那些路途遥远的夜晚

你走在草木枯荣的往昔

你走在似有若无的青春里

我想起我们有多少年

没有拥抱过了

陶罐里的土

语言里的刺

坟墓里的骨头

时间曾给过我们什么

那么多那么多

永远无法弥合的伤口

我们跨不过落日的熔岩和灰烬

多少次我梦见我站在雨中的

悬崖边上

大雨倾盆

悬崖陡峭

大风吹痛我的脸

空荡荡的旧房子里

有我逃离不掉的梦境和深渊

"那些年轻贫穷的日子里

我倾其所有,爱过你。"

终于到了梦醒时分

我一边热泪盈眶

一边窃喜

安基山

如此，便不必再虚构几片白云了
远离汹涌的人潮之后
我们是如此真实地
走向白云深处
起伏的青山是望不见尽头的
崎岖的野径也是
一场小雨过后，山坳里
散落的，是白墙黛瓦
是鸡鸣犬吠
是黄叶落尽的枫树林
是易碎的湖泊
是几缕山风，轻轻抚过
众人的脸颊
"多么多么好啊，山居秋暝
浮生半日，胜却人间无数。"
天色很快就要暗下来了
几只黄鹂，扑棱棱
掠过我们的头顶

玲珑路

亲爱的鲁米先生

我还是无法习惯北风漫卷的夜晚

一个人的孤独

并不是都能被轻音乐所填补

你那里下雪了吗?

这将是我在北方度过的第一个冬天

暖气还没有来,老式空调送来的

只有凉飕飕的风

我此刻坐在一盏枯灯下,给你写信

已经感受到了深深的寒意

卫生间的照明灯也坏了

我一直没来得及请人来修(我似乎不太愿意见到陌生人)

我有时站在镜子前,脱掉睡裙

拧开水龙头

我会看不清我的脸

亲爱的鲁米先生,时光如流水啊

转眼已是秋深

只是一场感冒白白耗费半月有余的时间

痊愈的那天

我重新体会到了久违的

宁静与喜悦

我又开始热衷于挥汗如雨的健身操

电影和书籍

厨房和菜场

那天当我经过玲珑路

忽然看到天桥下的一排刺槐

黄了半边

我走到树下,仰着头,站了很久

夕阳很快就要落山了

而我独自站在

一地金黄里

黄河二碛

亲爱的鲁米先生,我在黄河的涛声里
想念你:"唯我在此,唯我在此
雪落下。"①

我知道,一场雪,正在迢迢的路上
一场雨,却打湿我的头发和裙裾

只是迎面而来的风,太大了
亲爱的鲁米先生,如果此刻
你也在这里
我一定会转身,抱紧你

① 出自小林一茶的俳句。

他站在一张旧照片里

亲爱的鲁米先生,今天我抱了一颗圆头大白菜
回家。抱着它走在路上,就像是抱着一个
沉甸甸的胖娃娃
可是那胖娃娃,是我们亲手把他养大
又眼睁睁看着他,离我们,越来越远
之后的每一次相聚
都是为了迎接更加漫长的告别吗?
那么多年过去了,那些终日忙于奶瓶、尿片
婴儿床、学步车、乐高积木的时光
我已经快要忘光了
一切还能重新来一遍吗?
如果时间回到原点,命运是否依旧如此安排?
我还会不会继续选择这样的生活?
亲爱的鲁米先生,不管我们是否愿意
那些充满悲欢的日子
如今已经一去不复返了
我的孩子,越长越大,不管他将来
是否爱我

我从来，都是最爱他

亲爱的鲁米先生，只是，我的父亲

太严厉了。我至今不懂得

该如何，去爱他

亲爱的鲁米先生，我还记得

他站在一张旧照片里

身穿白衬衫的样子

多么阳光，多么温暖啊

归途

给我青山,给我流水
给我炊烟,给我落日

给我前世的聚散
今生的离愁

你是来路,也是归途

木荷

你有鼓噪的蝉鸣,秋凉的叶子
我有被辜负的光阴,雪地里的爱人

第一辑　西岭街

一生中有多少这样的时刻

亲爱的鲁米先生,他们谈论白云的时候
我正躲在玉渊潭公园看落日
此刻鸟啼稀疏
天空有浩瀚的孤独和静寂
十一月了
秋天就要过去了
每个人的内心
都有一场窖藏的雪
为了忍住那些止不住的沉默
和哭泣
我必须出来走一走了
可是北京的风声太大了
我即便换上短靴,系上围巾
也抵挡不住那些呼啸而来的风
亲爱的鲁米先生
一生中有多少这样的时刻
我从人群中走出
一生中有多少这样的时刻

我从尘世里逃离

亲爱的鲁米先生,我真希望秋天的

每一棵树,都有掉不完的叶子

我真希望下一刻

迎面而来的那个人,就是你

第一辑　西岭街

第二辑

我从未与你相逢

北京的秋天

再没有比这更安静的
秋天了
一棵白杨站在我的窗外
陪伴我的晨昏
我最喜欢的
是起风的那一瞬
风掀动那些青翠的树叶
树枝随之轻轻摇晃
夕阳不偏不倚
洒落在邻居的屋顶
不管你是否认真聆听
都能听到风吹树叶的声音
不管你是否接受祝福
你都已经来到
遥远的北方

我看见了雪

我看见了雪。雪落在香山寺的瓦楞上
寒风也无法吹散它们

很久了,在一场雨与一场雪之间
我永远选择一场雪

下山路上,我看见了雪
我听见了雪

亲爱的鲁米先生
"我要抱住一个满头白雪的人。"

寒山记

那年冬天

只有无数的鸟鸣

抚慰过我们

可是整座寒山是空的

草木并没有从枯萎中挣脱而出

我们在泥泞不堪的山路上

迎着冷风

走了很久

那么多松针从树上

簌簌掉下来

那么多陌生人迢迢赶来

为他送行

这漫长而短暂的一生啊

最后留下的

只有一张旧照片

我们看到的

是饱经风霜的野浆果来自绝境

布满苔藓的石头有无法抹去的阴影

此刻我们需要铭记些什么

需要遗忘些什么

他走之后的每一天

都将是崭新的

一场大雪结束后

全世界的老祖母

将和往常一样

顶着满头白雪

挑水，割草，放牛

夕阳落山了

当她推开家门

无法忘却的

是那年冬天

他的旧衣物

填满朱红的棺柩

暮年

雪太大了。雪覆盖了山川、河流

罕无人迹的树林

雪落到屋顶时,声音很轻

暮年的你,坐在茫茫的屋子里

不断往壁炉里添柴薪

那湿的、冷的、荒芜干枯的

年轮

都被你攥在失血的手中

你的爱人,离开你,已经很久了

他留下风雪,墓碑,皮袄,病榻

以及抽屉里的信件(信纸边缘有一朵浅浅的蔷薇)

后来当你回忆,那个黄昏

游鱼是如何跃出湖面

北风是如何拂过荒野

那仅有的、微弱的星光

又是如何

把你们一直送回

你们相逢的那个雪天

云上书吧

现在,我要放下话筒
离开人群
到落地窗边那张深褐色的椅子前
坐下来
一个小时前,我来到这里
给孩子们讲诗歌
现在我要喝一杯咖啡
读一本好书
咖啡不要太浓
书不要太厚
现在我要把目光投向窗外
远山多么苍茫
田野多么葱茏
现在,黄昏将至
一种宁静的朴素的浩瀚的温柔
占据了我——
我爱这滚烫的落日
也爱这孤独的人间

廊桥遗梦

明天的这个时候,我们会坐在一起

喝一杯产自法国的干红葡萄酒吗?

亲爱的鲁米先生,我突然很想

这样问问你

歌海娜,西拉子,佳丽酿

是一个个好听的名字(我之前从不曾听说过的)

我想象过,遥远的彼岸

秋天的葡萄饱满多汁

年轻的姑娘,年迈的老妪

背着箩筐,从一片阳光

走向另一片阳光

温暖中,没有人会为吹拂过废墟

又吹拂过教堂的秋风

感到清冷,感到沮丧

我甚至可以听见她们的歌声

从暮色里飘出

她们当中的一个

或许就是我的祖母、母亲、姐妹

而我此刻找不到一个词

去赞美她们

亲爱的鲁米先生

世界的另一端

我看到的,是另一场诀别

大雨滂沱的街道之间

罗伯特开车离去

破碎的乌云

远山的黛青

笼罩过他

载着弗朗西斯卡的迎面驶来的皮卡车

溅起一地水花

她在擦肩而过的雨中,看见他

她在擦肩而过的雨中,望向他

我看见她的手

紧紧抓住潮湿的车门

我看见我穿过车流

走向她

我看见我向她

伸出手去

亲爱的鲁米先生

我的眼泪掉下来

你的眼泪

掉下来

第二辑　我从未与你相逢

小庄路口北

她和我一样,在无人的晨昏
目睹过它们的丰饶
与枯竭
这一年冬日
白杨树的叶子,翻转,坠地
"刚刚从树上落下的那些,像余温尚存的尸体。"
小庄路口北,等红灯的间隙
她抬起多褶的眼皮
望了我一眼
此时此刻
我手里握住的,恰好是
万千落叶中的一片(刚刚从树上落下的那些中的一片)
我记下了这一句
我记下了这一句
我为什么要记下这一句
在此之前
我久居南方

我从未遇见过如此盛大

如此璀璨的时刻——

风声邈远

黄叶满地

事实就是这样

未等大雪封山

最美好的事物

已让我

深感心惊

第二辑　我从未与你相逢

十二月

这是一年中

最后一个月了

我等待一场雪

已经很久了

可是雪一直没有来

我在清晨五点半醒来

只听见风吹落叶的声音

我离开我的家乡

已经很久了

我想念那苍茫的群山

已经很久了

只是很多个暮晚

当我推开门

我是望不见那群山的

一些高楼挡住了另一些高楼

一排白杨挡住了另一排白杨

如果天气晴好

我应该穿上棉衣

戴好帽子

去郊外走一走

寒风中的香山

还剩下最后一些残雪

可是那天属于我的时间

太短了

当我走下山

雨又回到了这里

雪还是没有来

当我走下山

雨又回到了这里

我还是没有遇见你

雪为什么总是落在别处

漫长的黑夜里,那些遥不可及的
山川、河流、草原、荒漠
自古就没有一夜白头的心愿

只有四面八方的风,迎面而来
不断吹拂浮世里,万千个
日渐消瘦的你和我

我知道,在一首诗里是等不来一场雪的
我需要一个人,顶着满头白雪
从远方迢迢赶来,拥抱我,消耗我,磨损我

雨声

——致飞白

是的,我的确不愿在异乡的
长夜里
听见惊雷划过屋顶的声音
可是我喜欢雨呀
那漫无边际的、赐福般的雨
让我在长长的梦中,不愿醒来
也许,所有的狂喜都始于悲痛
你看到的,你看不到的
都曾在冥冥之中找寻
就在几天前,北方以一场大风
迎接了我
每一个无人路过的晨昏
我几乎都能看见风中的白杨
又枯了一些
我从未对你说起的
是我还没来得及写下的一切:
"退烧片和止咳药放在右下角的
抽屉里。"

"一只乌鸦和一只喜鹊,成为我的新邻居。"

"这一刻,在我耳边,除了雨声我什么也听不见。"

深夜,重返北京

都不要再追问了,好吗?
其实我也说不清楚
我到底有没有在回忆的废墟里
忘记,放下,抑或是
重新爱上一个,虚幻中的人
只是南方的雨,一直在下
离别的人群,穿过拥挤的雨水
获得了一些短暂的安慰
我在深夜十一点,重新回到
北方的孤灯下
窗外的秋星多么耀眼啊
那只日夜陪伴过我的喜鹊
已经安静地睡着了
我知道有一些夜晚
漆黑的夜晚,潮湿的夜晚
天桥下的乞丐,挑花的女人
警察,醉汉,出租车司机
都曾代替我

走在永远回不去的十月

走在瑟瑟的风中

八里庄北里

这是我第一次路过这里

记住它，不仅仅是因为它有一个

好听的名字

只是北京的秋天，风声太大了

我只好躲进五楼的房子里

抱紧回忆的碎片

我需要保温杯、止咳药

和那件米白色的风衣

你还记不记得，去年秋天的

那群蚂蚁

落日曾在树林里为它们加冕

松针曾覆盖邻近的灌木

暮色笼罩你

也笼罩我

可惜

并不是所有道路

都有一个好听的名字

并不是所有人

都能在秋天里久别重逢

我只有江南的雨声

深秋将至
羊群在山坡上吃草
火车在暮色里穿行
真令人羞愧
我没有爱人
我只有江南的雨声
我只有萧萧落木

馈赠

我是甘愿被一个声音,所打动的
即便这只是源自深夜的
某一场幻听
这一切,或许是命运的馈赠
十二月的奇迹
亲爱的鲁米先生
我知道我错过的,失去的
那些无可挽回的
伤口与裂隙
时间必定会以另外一种方式
缝合,弥补
我知道你一直隐藏在
许多个梦境深处
世事沉浮啊
那么多落日与黄昏
转瞬即逝
又一个夜晚即将来临
夜色很快就要笼罩隆冬

北京城

这个时候，我们应该站在

落完最后一片叶子的

白杨树下

等待一阵又一阵风

吹过你

又吹过我

亲爱的鲁米先生

陌生的街头车水马龙

天桥下的霓虹灯

越来越稠密

你望着我

我望着你

平安夜
——致林莽老师及师母

烛光尤为珍贵，波洛涅兹舞曲也是

月亮爬上来，一些醉意涌上来

这个夜晚，最美好的祝福

一直回荡在觥筹交错间

至于那些我分辨不清的，花雕

马爹利蓝带，冰酒，干白……

我来不及细品，便醉了

夜幕降临后，蓬勃的世界安静下来

只有一列来自慕尼黑的盲盒火车

还在轰隆隆响着

飞驰的火车将要驶向哪里呢？

今夜，在遥远的北半球

在大雪纷飞的阿尔卑斯山北麓

那些思乡的人，遥望的

和我们遥望的

是同一轮明月吗？

新年的钟声很快就要敲响了

这一场畅饮，足以让我忘却

旧年的碎片与灰烬

流淌的琴音里

我爱极了眼前这对老人

慈祥的面孔

眼眸里的笑意

只是时光飞逝啊

当我们推开门

挥手告别

风涌过来

风涌过来

冬至日,重访天坛

我们真的来过这里吗?
庙宇与宫殿之间
落日与群山之间
我现在站立的,远眺的
这片土地,这道宫墙,这块大理石
究竟是散落在哪一个梦里?
也许回忆,从来都是一个人的事
深冬的鸟啼,和初夏时
已然不同
如果我们愿意,我们是否
还能隔着一千多公里
遥望同一个落日?
回音壁前,我听见一个人
大声呼唤
另一个人的名字

篝火

一堆篝火,带来消逝的光芒
踌躇的火焰,满足了我对童年所有的
幻想。火中取栗是多么遥远的过往
无数的灰烬,旋即飞扬
一个个漆黑的夜晚
我们曾席地而坐,古老的露水
打湿我们的黑发和脸庞
那个坐在我身侧的人
早已去往天堂
只有踌躇的火焰,把我送回
遥远的过往
我和她之间,永远隔着一堆篝火
永远隔着一个梦境

一月

你有时也爱这觥筹交错的夜晚
让你仿若站在梦境的边缘
你有时也爱这寒冷刺骨的北风
从远方呼啸而来

告诉我,在梦境与现实之间
你怀念的,你遗忘的,都是些什么?
那让你突然泪流不止的
又是些什么?

我从未与你相逢

你看见那河水的面容了吗?
那清澈的、闪光的、毫无倦意的
流淌
你听见那杨柳的歌声了吗?
那古老的、新鲜的、转瞬即逝的
空茫
我偶尔也会在这样的黄昏
途经汹涌的人潮
人世蓬勃啊
万千浮光掠影中
我一无所见
辗转千里
我从未与你相逢

腾格里沙漠

是第一次,看见了沙漠

黄沙漫漫的沙漠

魂牵梦绕的沙漠

四处没有蜷蚁

亦没有鸟兽

只有人群

在迎面而来的风中

欢呼雀跃

只是正午的阳光啊

太明媚了

我辨认不清

是谁第一个冲上了峰顶

紧接着是第二个,第三个

有人张开双臂躺下来

有人蜷成一团滚下来

我陪在一位恬静的老人身边

眼看着人群渐渐走远

眼看着阳光一点一点

笼罩她枯瘦的侧脸

哦,亲爱的祖母

我为什么又在千里之外

想起了你

我的眼泪

很快就要流下来了

时间终是会给予我们答案

亲爱的鲁米先生

我其实是一个悲观主义者

我有时会躲避人群

拒绝与任何人来往

鲜花和布偶

带给我的,也只有短暂的安慰

这世间好像没有什么

可以给我足够的安慰

你所说过的,我应该拥有的

美好的未来

究竟会在哪一个转角呢?

这小半生,就这样一晃而过了

除了在佛前

我从不曾开口索求过什么

一切都听从命运的安排吧

我知道不管我们是否愿意等待

时间终是会给予我们答案

只是昨晚的普洱茶,太浓了些

我躺了很久,都没有睡着
时间一分一秒,在黑暗中
如流沙般消逝了
凌晨一点已经到了
我困了。晚安
亲爱的鲁米先生

最好的结局

我刚做好一顿午餐。亲爱的鲁米先生
我去菜场挑选了新鲜的辣椒、胡萝卜、大白菜
我最拿手的一道菜,是客家酿豆腐
我还熬了一锅玉米排骨汤
每次吃肉骨头,我都会习惯性低头
看看我的脚边。我想念我的小狗了
它已经陪伴我六年,它的名字叫林小宝
来北京的前一个晚上
我把它送给一位开餐厅的朋友寄养了
他有一个大大的院子,院子里种了一棵龙眼树
我第一次去那个院子的时候
夕阳正好照在他的侧脸上
他笑着,从树上摘下一串果实,递给我
他经常给我发短视频
有时是牵着它散步,有时是给它洗澡
还有一次,他给它一口气喂了好几根火腿肠
那天,我没忍住我的坏脾气,把他训了一顿呢
转眼就是深秋了,天气越来越冷

桃江路的桂花都谢了

阔叶榕还没有开始落叶

江边那家电影院不知在上映哪些新电影

去看电影的人,应该还是寥寥无几吧

我曾一度想逃离这座小城

隔了万水千山之后,我发现我开始想念它

想念它的一花一木,一山一石

可是这又有什么用呢?

那些过往,那些令人黯然神伤的过往

再也回不去了

我爱的人,丢失在风里

我们曾满怀深情,又彼此伤害

如今一切都过去了

不再轻易打扰,也许便是最好的结局

亲爱的鲁米先生,你说爱一个人

到底需要多深、多慢

才能够一直到老呢?

雨，或是白杨

亲爱的鲁米先生，药太苦，墨太浓
南北气候差距太大了
我已经羞于向人提及
我又生病了
止咳药一直在吃
生姜水泡脚成为每日的必修课
浑浑噩噩中
我开始喜欢挥毫泼墨的感觉
只是我已经有很多年
没有认真伏在案前手握毛笔了
"她的文字，始终像书法中的'中锋运笔'
有种饱满的弹性和质感。"
如今每次练字，我都会想起飞白赠予的
这个句子（他是我为数不多的朋友之一）
秋天过去了
我们终于迎来了雨
雨在窗外，轻敲着窗
黄昏时我推开门

白杨树的黄叶子，落了一地

小区里的幼儿园放学了

一群可爱的孩子撑着

一把把可爱的小花伞

踩着地上的积水，快乐地朝家里走去

亲爱的鲁米先生，我也有过这样的时光呀

三十二年前的秋天

我在玉舍村，读幼儿园

林冬莲——那个女教师的名字

她扎着一条黝黑的长辫子

嘴角有两个浅浅的梨窝

她是多么温婉，美丽

很像旧照片上，我们少女时代的母亲

遇上突然降临的雨天

我们一边在祠堂里玩捉迷藏、丢手绢

一边等待头戴斗笠、肩披蓑衣

提着新雨鞋

突然出现在木门前的母亲

亲爱的鲁米先生,那些远去的时光

已经落满尘埃

可是风一吹

那些尘埃

便不见了踪迹

起风了

亲爱的鲁米先生,幼儿园放学了
一大群孩子蹦蹦跳跳走出校门
只有一个孩子在哭,她的哭声尖锐、沙哑
刺痛我的耳膜。我只好从书桌前起身,站到窗前
看着她小小的、青草般鲜嫩的身体
我突然很想跑下楼,走过去,抱抱她
我已经很久没有拥抱过一个孩子了
每次从幼儿园经过,我都会忍不住多看几眼
时间过得真快呀,即便我心里永远住着
一个长不大的小女孩儿
可是我的童年,我的青春,已经一去不复返
每个清晨,当我从梦中惆怅着醒来
我都会觉得自己又老了一点儿,旧了一点儿
有一次在镜子前,我看到头顶新生的白发
足足有三根。这多么令人沮丧和触目惊心啊
不过后来想想,这又有什么关系呢
这世间,没有谁会有不老的容颜
我最喜欢的,是黄昏时,站在窗边

看那棵白杨树。若起风了

无数的树叶便开始翻滚无数的波纹

我有时真担心树杈间的那个鸟窝

会抵挡不住那些风，掉下来

你还记得吗？我曾和你说过的

当它开始落第一片叶子时

我恰好从树下经过

我把那片落叶捡起来，带回家

做成一张漂亮的书签

亲爱的鲁米先生，如果有一天

你收到一封带有植物香气的信件

那或许，就是来自我的书桌前

镜中

亲爱的鲁米先生,在镜中,我看到的
不是梅花落满南山

而是一张病恹恹的脸
暗淡,疲倦,不再焕发青枣般的光泽

"是什么让她沉默不语?
又有什么在她心里呼之欲出?"

凌晨一点半,整个世界安静极了
只有中央广播电视塔仍在闪烁光芒

窗外的雨声漫进来
沿途的风声漫进来

每一粒尘埃都在迎接下一场雨
每一片落叶都在等待下一阵风

我知道我必将成为最孤独的那个人

因为爱而不得的爱,因为命中注定的离散

第二辑 我从未与你相逢

父与子

亲爱的鲁米先生,此时是下午五点半
天已经快黑了。南方的夜晚是不是比北方
来得更迟?就在刚才,一位只有一面之缘的朋友
给我留言,他说读我的诗,湿了眼眶
真抱歉啊,我真的不是故意的
亲爱的鲁米先生
我有些好奇,将来有一天,当我走远
消失在风中,你会不会也是如此呢?
那天路过玲珑公园,我看到一节火车头
刷了漆,静卧在阳光下
它产自一九三七年,是日本蒸汽机车
退役二十年后,在一九九一年被移到了玲珑公园
我给它拍照时,一个孩子爬了上去
笑眯眯地抱住火车头,不停变换姿势
他的父亲站在跟前,不停给他拍照
那么可爱的孩子,戴了一顶那么可爱的帽子
纷飞的黄叶,一片,两片,落在他的帽檐上
他却浑然不知

如果此时要画一幅画，那么这幅画的名字
就叫《父与子》吧
这样的时光多么美好啊
只是我或许已经永远错过这样的时光了
亲爱的鲁米先生，天色暗下来了
明天我想再去那个公园走走
明天我想再去看看那节火车头

风还是没有来

病了数日

第五个夜里,梦见父亲,梦见母亲

我们仍住在童年的院子里

母亲在菜园浇菜

父亲在灶前熬汤

我的鞋子丢了

我打着赤脚推开家门

父亲离开灶台

去商店为我买来拖鞋

三十六码,刚刚好

是我喜欢的天蓝色

他指着一张报纸问

这上面的文章是你写的吗?

我看了看报纸上的日期

哦,那是一九九七年的秋天

我刚初中毕业

我还不谙世事

不曾出嫁

不曾生育我的儿子

我仍是青涩的少女

时光荏苒啊

当我醒来

已是二〇二〇年的秋天

香山的枫叶还没有红

北京的街头还没有开始落叶

我曾在一个黄昏

和我的朋友走在树下

（他是第一个在秋天里赶来探望我的人）

等待第一片黄叶

直到所有的街灯都亮了

直到他熄灭了第五根烟

风还是没有来

我们就这样走啊走

从一个路口走到另一个路口

从一棵树下走到另一棵树下

我们就这样走啊走

风还是没有来

风还是没有来

我不要再做那个深情的人

亲爱的鲁米先生,我们之间隔了一片海
我曾离他那么近,又那么远

那些过往,裂隙太多,太深
我偶尔也会深陷回忆,成为一个自闭症患者

我在书桌前,一坐就是大半天
有时看书,有时发呆

有时看着黄叶,一片一片,挂满枝头
风一吹,它们就从树上,落下来

又一个秋天就要过去了
我不肯原谅他

亲爱的鲁米先生,多情却被无情恼
我不要再做那个深情的人

明镜

亲爱的鲁米先生,每一个季节,都是轮回
"我们都是明镜的孤独中
曾经那个最幸福的人。"
重温昔日的诗句,我仍是忍不住湿了眼眶
当我走在北京的街头,依然会分辨不清方向
北京太大了,每一条街道都那么相似
由于陌生,走在簌簌的秋风里
我总是会最先成为最惊惶
最无措的那个人
我想起初秋的一个深夜,窗外忽然下起了雨
我在雨声里,开始想念千里之外的南方
雨打芭蕉,是多少年来,萦绕在心头的情景
如今却难以再现了
紧接着是轰隆隆的雷声,响彻天际
我起身,赤着脚,打开所有的灯盏
整个屋子瞬间变得明亮起来
我看到我的影子投在地板上
那么单薄,那么孤独

后来天亮了

影子一点一点模糊起来

那些宿命般的空寂不再加深

阳光多么明媚啊

我又独自度过了一个长夜

我看到我们在人群中相逢

亲爱的鲁米先生,雨来了
满世界落叶纷飞
树木最能感知每一个季节的变化
立冬那天,钓鱼台的银杏叶就要落尽了
那么多的人,从远方赶来
又从树下经过
奔赴他们即将开始的新生活
我是那个站在树下
捡拾落叶的人
而此刻落下的,是白杨的树叶
"一棵白杨站在我的窗外
陪伴过我的晨昏。"
我有时也会重温昔日
写下的诗行
为了即将到来的雪
天空开始下雨
亲爱的鲁米先生,那个黄昏我走在
瑟瑟的寒风中

有无法抑制的心痛

一年过去了

我看到我们在人群中相逢

我看到我们在人群中走散

由于失语

我一边哽咽

一边抱紧双臂

第二辑　我从未与你相逢

告别

亲爱的鲁米先生,刮了一天的西北风
还是没有停。我在傍晚时分走出
花园桥地铁站,回到我的屋子里
我推开门,开了灯,关紧所有开着的窗户
临睡前,我看完一部悲伤的电影
影片里,一个身患绝症的男人央求姐姐
为他提前举办一场葬礼
"我只是希望她能够提前适应,没有我的生活。"
可是那个终日以泪洗面的女人
终究还是没有赶去参加他的葬礼
"我不愿意参加你的葬礼,是因为我不想
从此失去你。"
当我关上电脑,刮了一天的西北风
还是没有停。邻居的孩子正坐在窗边弹琴
我微凉的手指已经很久没有
触摸过琴键了
亲爱的鲁米先生
你的钢琴也落满了灰尘吗?

星空多么璀璨

夜晚多么漫长

我有时会有一些难过，一些惊惶

世间种种美好，也许终究只是泡影

爱总是会带来一些伤害

我从来不敢离你太近

可是我一直记得你在街灯下

人群中

频频回首

向我挥手告别时的样子

亲爱的鲁米先生

刮了一天的西北风，还是没有停

冬天来临之前

陪我去看一场纷飞的落叶吧

紫禁城

亲爱的鲁米先生,紫禁城的柳叶还没有黄
我和我的朋友走在人群中
听见了呼啸而来的风声

这七十二万平方米金碧辉煌的宫殿
我们走在其中
如同渺小的蚂蚁走在巨大的森林里

在人头攒动的苏东坡书画展展厅
我们同时喜欢上另外一个人的手卷
他的名字叫鲜于枢

我们在拥挤的展柜前,站了好一会儿
我甚至想象过,七百多年前
他华发初生,挥毫泼墨时的样子

亲爱的鲁米先生,你看那么多年后
因为他,因为他的一张手卷

整个紫禁城,天空是那么蓝

小雏菊是那么安静

第二辑　我从未与你相逢

暮春的四行

永远有一首没有写完的诗
永远有一场不曾落尽的雪

你如今看到的路过的爱上的
和去年冬天我们看到的路过的爱上的不同

那一年我们遇见了雪

第三辑

夜雨寄北

有时是坐在孤灯下

有时是站在长夜里

你看见的

你看不见的

你念念不忘的

你肝肠寸断的

都在无可挽回的梦里

消失

断章

即使我在深山里热爱过整个春天
满世界的雨,仍是孤独的易碎的

那一年在北方看到的雪
在电影里看到的离散

让回忆布满荆棘
让今生恍若隔世

致阿米亥

"当我们活着的时候,一切都在我们身体里闭着
当我们死去,一切重又打开。"
亲爱的阿米亥
昨夜我又梦见我在梦中
朗读你的诗句
漫长的雨季过后
我终于逐渐学会审视
生与死,爱与恨,相逢与别离
也逐渐感受到
越来越深的凉意
当秋风一阵接一阵,翻越远方的
稻田和麦地
重新涌来
这便是秋天了
阳光下
最后一朵木槿花开了
重叠的花瓣,多像重叠的心事
一个人的晨昏,总是会让人

想起很多往事

亲爱的阿米亥

我希望在下一个秋天

当我再次想起你时

我已摆脱在黑暗中，奔逃的

梦境

夜色中的河流

这条河流曾知晓这一切
有多少星辰浩荡
就有多少荒芜深藏

唯有此刻,浪花奔涌的此刻
空无一人的此刻
才是一天中最好的时光

只是时光如流水啊
失去一个人的音信,很久了

熟悉的地名,模糊的面孔
也已经失去很久了
很久了

每一个落叶残缺的秋天

"每一个落叶残缺的秋天,

秋风都不能够还给我们,

一个完整的纪念日。"

"充满爱的灵魂的痛苦是沉默的。

哪怕你只感受到一点点快乐,

我也心安。"

无极

——回赠马泽平

他写下一只无意义的碗

或者杯子时

我正蜷在南方的摇椅里

看《无极》

"给她倾城的美貌,给她瞬息的爱情

给她眼泪,给她破碎,给她一场又一场

溃败的雪崩。"

孤独或许从来都只是一种

客观存在的事实

一场来自北方的雨

有时也像一个充满隐喻的补丁

只是梦太长了,痛苦短暂

欢愉却又总是无法企及

多少年了

浓墨似的乌云,孤烟里的废墟

一直回荡在黄昏的窗外

多少年了

总有一座城市让我们无端想念

总有一个人,让我们,走在

空荡荡的雨里

灼华诗丛／最好的秋天

秋天来了

秋天来了
最好的秋天来了

背上行囊
出一趟远门的时候到了

看过南方的稻田之后
还是去看看北方的麦地吧

秋风也会给平淡的生活
带来一些安慰吧

如今我再想起他
已不会那么心痛了

虚构的雪

我为什么还要反复写到雪
写到落叶散尽的黄昏
北方的城市
缓慢的车流
微凉的右手
树林里,一大片一大片
无人踩过的雪地
多么像人间的一个遗迹
有那么一瞬间
一个饱满甜蜜的红柿子
从枝头,掉下来
迅速滑过我们的脚尖
树梢上
一只小松鼠拖着一条
长尾巴
一闪而过
黄昏如此短暂
黄昏如此美丽

我们看不见

看不见

我们将要离散的

一生

第三辑　那一年我们遇见了雪

群山和墓碑

亲爱的鲁米先生，金黄的稻子熟了
一大片稻田掩映在群山之下
静谧，绵长，有无法描述的美
午夜梦回，我又一次回到
千里之外的玉舍村
当我和弟弟走在蜿蜒的小路上
沉甸甸的稻穗是我们的
起伏的蝉鸣是我们的
翻滚的浪花是我们的
青草，野花，麻雀，稻草人
都是我们的
我们看见瘸腿的男子，驼背的老人
扛着锄头
从稻田的那头，走到稻田的这头
起伏的蝉鸣淹没他们
翻滚的浪花淹没他们
那个挑着满满一担稻谷
赤脚走在田埂上的

是不是我们年轻的母亲？

秋风吹拂她的长发

汗水流过她的脸

亲爱的鲁米先生，午夜梦回

我又一次回到

千里之外的玉舍村

只是，身为一个女儿

群山和那些墓碑

都不会是我的

抖落叶子的树

风是止不住的,落叶也是
一棵树,一棵苍老的
山荆子树
在止不住的风中
快要把满身的叶子,抖落光了
公园里,三三两两的游人
离开了
树上的鸟雀归巢了
易逝的光阴里,我和一个陌生人
一前一后,踩在厚厚的落叶上
暗青色的叶子,枯黄的叶子
飘零的叶子,沮丧的叶子
惊心动魄,不管不顾
铺了一地
后来,风渐渐小了
可是我并没有听到
清脆的碎裂声
黄昏近了

星辰亮了

蝉鸣空了

这世间，没有什么

是静止不动的

可是为什么还是没有人来看我

可是为什么还是没有人来爱我

第三辑　那一年我们遇见了雪

另一种生活

他是怎么从一个以演奏小提琴为生的
自由人,沦为一个黑奴的呢?
那个叫 Solomon 的男子
一觉醒来,已经披上华盛顿的雨
满世界的雨
让他突然从以往的生活里消失
后来,他逐渐接受了命运的安排
接受了贩卖,辱骂,殴打,挨饿
日复一日在种植园里
用拉小提琴的手指采摘
雪一样的棉花
正午的阳光啊,太毒辣了
大地上,有多少饱受屈辱的面孔
又有多少形影不离的孤寂
十二年后,当他终于推开熟悉的家门
华盛顿的雨
仍然在下
哦,他有他的深渊

他有他的旗帜

"我想要的,不仅仅是生存

而是生活。"

第三辑　那一年我们遇见了雪

漂流瓶

午间读诗,读到一个年轻的诗人
写一个寂寞的女人
经常等不到她的男人回家
愤恨之下,她诅咒不回家的男人
都去死吧
诗的结尾,那个年轻的诗人
在海边,捡到了
那个装满诅咒的漂流瓶
读完这首诗,我感到既庆幸
又沮丧
我已经很久没有去过海边
我也很久没有寂寞地坐在沙发上
等待一个深夜不回家的男人

她苍老得不成样子

心有戚戚。去看望了祖母
秋风中,她苍老得不成样子
她开门,递给我一双拖鞋
她说出的第一句话,是
"你瘦了。"
墙壁上,那个她爱了一生的男人
已经离开她,整整两年了
她坐下来,卷起袖子
让我看她长满红疹的手臂
"头晕,恶心,从来没有这样病过
也许熬不过冬天了。我本打算看着小孙孙们
长大一点儿的。"
我和她挨得这么近
她的白发刺痛了我的眼睛
我拼命不让眼泪,流出来
我打断她
"不会的,你会长命百岁!"
哦,我想起小时候

每逢大年初一
我和弟弟站在她和祖父跟前
异口同声说过的，贺词
"祝你们身体健康，长命百岁。"
是的，长命百岁
你一定要长命百岁啊
我亲爱的祖母

抒情

雪落在别处

雪并没有满足我的愿望

寒夜里

大雪漫漫成为一个虚构的动词

而我在梦境的另一端

构建了雪之幻影

那个从茫茫雪地里走来的

是我的爱人(或许这也是虚构的)

他的拥抱

让我获得了久违的安宁

可是这些

是远远不够的

当曙色越来越逼近

恍惚的飞雪多像另一种抒情

(或许这也是宿命本身)

当他突然转身

留给我一个深深的背影

天空已经空置许久

后来当我回忆

我甚至记不清他的脸

为了让我苏醒

许多人开始在窗外走动

许多人开始进入周而复始的生活

为了让我苏醒

雪一直在下

雪停在了那里

只有细雨给我带来一些安慰

黑夜里忽然涌出的几个句子
清晨醒来,我早已忘记

头顶一掠而过的乌鸦和鸿雁
我怎么数,也数不清楚

在漫长的冬季,和一个人告别之后
难以言尽的,究竟是些什么

这些年来
我已逐渐习惯孤独

习惯在长时间的枯坐中
获得一些短暂的安慰

这样多好
天空开始下雨

细雨中

我偶尔想起的那些

支离与破碎

如今已成为恍惚的往昔

突然降临的雨

亲爱的鲁米先生,人世皆苦
我们是不是活在虚幻里?
我们终是饱尝了幸福与痛苦的滋味
作茧自缚也是

一个人需要走多远的路
才能回到魂牵梦萦的故乡
一个人需要耗尽多少个长夜
才能忘记一张张模糊的面孔

这突然降临的雨
让我们更加迅速地消失在人群中
这突然降临的雨
让空茫的枝头
只剩下更加空茫的鸟啼

当我们站在街灯次第亮起的街角
抱紧双臂等雨停

我们还能不能接受

陌生人的祝福

浩瀚的版图上

幸福的人

痛苦的人

正一个个死去

再不会有这样的时光了

再不会有这样的时光了
一群人走在夕阳西下的石板路上

黑夜正一点一点淹没他们的眼睛
黑夜里所有的过往都是你一个人的

车水马龙的街道是你一个人的
鸡鸣犬吠的村庄是你一个人的

树林里的白雪是你一个人的
滚落在地的红柿子是你一个人的

爱也是,恨也是

你是我永远走不出的迷宫

她还是没有学会如何照顾好自己
起伏的咳嗽声,让午夜的梦境
动荡不已。止咳片和退烧药
一度让她变成一件古老的瓷器
喑哑,暗淡,躲在时间的裂隙里
"每一片落叶,都有不为人知的痛楚
走在落叶纷飞里的你,也是。"
那一日,一群人走在万佛寺
黄昏即将来临
落日浑圆、静寂,横卧在湖面上
枯黄的松针也曾是西南风的知己
"你是我永远走不出的迷宫
你是我一生无法邮寄的地址。"

家书：离人心上秋

我走了

冰箱里有你们爱吃的水果

餐桌上有你们爱喝的饮料

《里尔克诗选》第三十六页

夹了一笔现金

小狗已经送给朋友寄养（新家的院子很大）

阳台上的绿萝需要定期浇水

春天栽下的木槿还没来得及修剪枯枝

天很快就要凉了

露水将洇湿整个秋天

我将独自在北方

度过漫长的冬天

祝好

祝好

重写秋天

秋天很快就要过去了
惊雷响了
大雨来了
长夜将尽了
北京的街头开始落叶了
一只灰喜鹊孤独地站在窗外
看着我从一个又一个梦中
醒来
我终于就要忘记你了
即便去年的秋天和今年的秋天
不尽相同

贺兰山谷
　　——给素琰师母

我想要这样,一直搀扶着她
走下去
她脸上的皱纹
和我祖母脸上的
一样深
一样多

只是贺兰山谷的风声
太大了
我刚为她重新戴上的帽子
很快又被风吹掉了
那满头的银发
也很快被风吹乱了

我想要这样,一直搀扶着她
走下去
我爱她脸上的皱纹
和我祖母脸上的

一样深

一样多

阿拉善

是那群骆驼,那行大雁,先于我们
抵达了这片草原
是那轮落日,那阵秋风,先于我们
抚慰了这片荒漠

贺兰山下
我们是一群走在寂静中的人
那么多的山榆树,捧出那么多
明晃晃的旋涡

太西煤矿,腾格里沙漠,白叶蒿,沙枣
金麓,法轮,仓央嘉措,释迦牟尼
羊群,马匹,塔尔岭,额鲁特大街
都重归于金黄的暮色里

落叶纷飞的十月
我们从千里之外来到这里
一种粗犷的温柔的贫瘠的富饶的荒凉

让我们压低了,嗓音里的赞美

和叹息

读书日

读书日。给一群孩子讲诗歌

讲到米沃什的花园和薄雾

蜂鸟和忍冬花

大海和帆影

讲到二〇一九年初夏的哈尔滨

未融的冰雪

凌晨四点半的太阳

落满白鸽子的索菲亚教堂

讲到海子的德令哈

空空的戈壁

荒凉的雨水

最后的草原

我突然停止朗诵

我不要再想你

清明，兼答彦松

下山路上，三岁的小侄儿彦松

仰起小脸问我："姑姑，为什么老爷爷

要在山上，睡那么久？"

时光荏苒啊，二〇一八年的冬天

越来越远

回忆越来越模糊

山川，树木，河流，墓地

都在野茫茫的春天里

微微地辽阔

微微地起伏

亲爱的孩子

我该如何告诉你

这世间

有一个最令人悲伤的词

是，永别

小欢喜

亲爱的鲁米先生，秋日将尽
我终是没能等到你
陪我去看一场盛大的落叶
和鸟啼
我在清晨六点钟醒来，窗外的天空
已是一片洁净
我匆匆走下楼，去看满地落叶堆积
这个时候四周空无一人
大地的睡眠，还未被众人惊醒
我踩着落叶一直走，一直走
经过路灯，平房，医院，店铺
经过刺槐，鸟巢，白杨，银杏树
起风时，头顶的落叶像下雨
那些金黄
瞬间铺了一地
我站在树下
微微闭上眼睛
亲爱的鲁米先生

我听见了风吹落叶的声音

大觉寺的落叶

是不是要比这里的好看一些呢？

你不知道我站在这里

用了整整两个小时

那些无可救药的小欢喜

让我舍不得离去

万佛寺的落日

亲爱的鲁米先生

我确信

我是眼看着它

一点儿一点儿

消失的

万佛寺的钟声敲响时

我正蹲在廊檐下

观察掉队的蚂蚁

高大的马尾松

适时投下一小片

倾斜的影子

只是寒风吹了那么久

春天栽下的波斯菊

也疲于稠密

只有迎面而来的

几位僧人

一袭袈裟

沉默不已

走向即将燃尽的落日

一个梦和另一个梦

清晨的鸟鸣是轻的

落叶的叹息声也是轻的

这么轻的浮世

只有朝阳从远山起身

迎接我

溪流中丢失的那部分

依旧丢失在

某个迎面而来的黄昏

目送潺潺流水的我

站在风中哭泣的我

掏空一片废墟的我

哪一个

才是真实的?

一些人撑伞走过

雪花从他们的头顶飘落

一些人在雨中沉默

城市只剩下苍茫的轮廓

此刻的我

在梦中

目击另一些

转瞬即逝

此刻的我

在梦中

目击另一些

惊惶无措

第三辑 那一年我们遇见了雪

喜鹊

我曾听过的,无数声鸟鸣

都不及,这个早晨的那几声

清越,深刻

花园桥地铁站入口的栅栏旁

一只喜鹊从一株榆树上

飞下来

它双腿直立

它仰起颈项

这个早晨

一只喜鹊

旁若无人地站在

那么拥挤的人群之上

刺骨的寒风中

我停下来

我此刻

该抱紧些什么呢?

零下五度的北京城

刺骨的寒风中

那三两声鸟鸣

那么清越

那么深刻

第三辑　那一年我们遇见了雪

永不褪色的回忆里

听完最后一首歌,我就要睡了
亲爱的鲁米先生
白天我和妈妈通视频电话了
我有一个多月没有见到她
她的腰椎间盘突出病情加剧,黄昏时
她已经无法再去桃江公园跳广场舞了
那可曾是她一天中最期待的事情啊
小侄儿彦松今天感冒了
没有去幼儿园。据说开学两个多月
他每天早上出门坐校车时,都要哭一会儿
上次回家,我送给他一只小猴子布偶
小鼻子,大眼睛
他有时会隔着手机屏幕大声喊
"大姑,大姑,快回来带我去喝奶茶。"
他是那样活泼,那样天真
三年前的冬天,他出生的那天,我去医院看望他
小小的,粉粉的,像一件易碎的瓷器
躺在妈妈怀里,闪耀着光芒

我站在病床前，犹豫着

不知该如何伸出手，去抱他

转眼之间他就上幼儿园了

我想起我和弟弟的童年时光

我们翻墙，爬树，捕鱼，捉知了，掏鸟窝

一前一后走在欣欣向荣的山坡上，田野里

多么美好，多么快乐

亲爱的鲁米先生

你的童年又是什么样子呢？

北方的冬天，雪一定下得很大吧

你去雪地里捉过麻雀和锦鸡吗？

你堆的雪人，是不是也有一个

红通通的大鼻子？

你会不会也和我一样

小时候，特别渴望快点儿长大

长大了之后，又特别希望时光倒流

希望一觉醒来，又重新回到了小时候

希望自己能够一点儿，一点儿，变小

可是我们空空如也的手掌

终是没有时光穿梭机啊

那一切，都回不去了

那一切，那贫瘠而富饶的一切

都只能埋藏在

永不褪色的回忆里

一九九七年的夏天

亲爱的鲁米先生,昨晚我梦见了外婆

她一袭蓝衫,头裹蓝巾帕

坐在昏黄的灯下纳鞋底

我在梦里陷入恍惚

无法分辨清楚,她到底还在不在人世

我不断询问自己

这是一个梦吗?抑或这就是现实

我还看见妈妈坐在窗边哭泣

她说舅舅阻止她们姐妹几人给外婆重修墓地

亲爱的鲁米先生,我多么希望时光能够回到

一九九七年的夏天,清晨的鸟鸣溅满枝头

高大的枫杨树挂满果实

我们住在父亲单位的家属楼里

院子里有一口水井

水井旁边有一块菜地

那些葱茏的豆角、茄子、大白菜、西红柿

耗尽妈妈无数个晨昏

我独自住在三楼最右侧的一个小套间里

床单和被套是天蓝色的,桌子上摆满了书籍

那年我即将参加中考

妈妈希望我将来当一名医生

在体制内,端铁饭碗

可是我从小对疼痛敏感,晕血

害怕面对生老病死

对医院和来苏水充满了恐惧

我还记得五岁时的那场感冒

发烧几日的我,因为惧怕打针

被妈妈连哄带骗带到医院大门口

当我发觉后,拼命抱紧那扇锈迹斑斑的铁门

哭泣着不肯进去

回家的路上,天色渐晚

我和妈妈遇见一位像风一样赶路的老人

后来我趴在她背上,睡得很甜

到家后,我告诉身边所有人,那个背着我

回家的人,是外婆

此后很多年,妈妈把它当成一个故事

讲了又讲

亲爱的鲁米先生

此刻是二〇二〇年十一月五日六点二十九分

清晨的鸟鸣溅满枝头，和一九九七年夏天

一模一样

村居

亲爱的鲁米先生,我有时也愿意成为
一个世俗的女人。我曾素面朝天去江边散步
在菜市场和商贩们讨价还价
穿着睡裙和拖鞋,下楼取快递
在微信群里和朋友们嬉笑怒骂
抢陌生人发出的红包,删掉一些不相关的人
心烦意乱时,偶尔还会爆一两句粗口
有人曾说,如果有一天,我不再写诗
那一定是因为我过得太幸福
亲爱的鲁米先生,我们该如何给幸福定义呢?
是有人问你粥可温,还是有人与你立黄昏?
我有时会陷入迷茫
不知道自己一路走来,苦苦追寻的
究竟是什么
我曾无数次游荡在陌生的村庄
寻找一处心仪的居所
我希望能够找到一座老房子
最好是白墙黛瓦,门前溪水潺潺

院子里种满芭蕉树、紫薇、玫瑰、郁金香

炊烟袅袅时，葡萄藤爬满高高的围墙

葡萄架下有一把摇椅

每个黄昏，微风拂面

我就坐在摇椅上，一点儿一点儿

安静地等待夜晚的来临

亲爱的鲁米先生，这就是

我理想中的，村居生活

那一年我们遇见了雪

突然遇见的雪,足以给寒冷的清晨
带来无穷无尽的欢喜

拥挤的人潮中,究竟哪一个
才是我们念念不忘的人?

后来当我们和往常一样
穿过人潮,独自走进旋即消失的黄昏

湖边的落日,还是会让我们
有止不住的悲伤

那一年我们遇见了雪
那一年我们看见落日低垂

刷墙记

把一面污痕斑斑的墙壁刷白

并不是一件容易的事情

整个下午

蹲在脚边的小狗

和地板上铺开的报纸

共同目睹了

那些茫然,焦灼

混乱,与奇迹

小憩的片刻

一些回忆

在巨大的空白中

扑面而来

我只好扔掉滚轮和铲子

陷入那些悲喜

我只好允许自己

再一次,抱紧双臂

无声哭泣

第四辑

我们在雨里

这不是北方的秋天

莫妮卡,这不是北方的秋天
道路两旁,没有高大的白桦林
和白杨树,没有偌大的鸟窝
随风轻轻摇晃
你怀念的春天
和寒冷刺骨的冬天相邻
你深爱过的人,如今正走在
异乡的路上。朝霞是他的
晚风是你的
你爱过他挥洒的汗水
也爱过他孤独的歌喉
莫妮卡,你怀念的那条独眼金鱼
还在北方的池塘,游来游去
你们隔着千山万水
你的空荡,你的迷茫,你的泪水
你的泥沙俱下
如今已经不再是
他的

一江水

开始新生活吧,莫妮卡

刮了一夜的北风,终于停了

阳台上晾晒的裙裾,多么轻盈

花瓶里的玫瑰,忘记枯萎

你应该庆幸,这一年

从秋天到冬天

那些争吵,奔逃,掩面而泣

终于都源自深夜的

某一个梦境

现在,天亮了

天空变得明朗起来

周而复始的鸟啼,转瞬占据

洒满曦光的草地

六楼的女邻居又坐在落地窗前

开始弹琴

你想象过她微凉的手指

是如何拨散来自深山的雾霭

莫妮卡,开始新生活吧

刮了一夜的北风，终于停了

你将要爱上的人

正走在通往春天的路上

他路过的滔滔江水

仍有迢迢无尽的爱意

第四辑 我们在雨里

十一月

莫妮卡,一座小城的狂欢夜
就要开始了
世界攀岩冠军又回到了家乡
夜晚为此准备的,还有牛牯戏、花棍舞
篝火和一小片童年的月光
可是你一直没有抽出时间
去崭新的公园和学校,走一走
你日复一日往返的小区、单位
和菜场,构成你疲惫又平静的生活
莫妮卡,南方的冬天来得太迟了
你的朋友太少了。眼看着十一月
将尽,你穿上单薄的秋衣
孤零零地在绿树成荫的小路上
走来走去
你仍然会有抑制不住的虚妄与
沮丧
你不知道脚边的流水和头顶的星空
究竟拥有过什么样的梦想

你只记得有人曾和你一样

在深夜里，写下过那些虚妄与沮丧

"以无所依托之心，去感受到的那些

都不是真实的。"

第四辑　我们在雨里

乌桕镇

莫妮卡，午夜梦回，你与她
重逢在乌桕树开始落叶的
小镇上。她是你童年最好的伙伴
也是你离世最早的朋友
你仍然记得曾在一首诗里
给她的那个结尾
"大风吹乱她乌黑的头发，她站在
父亲杀猪卖肉的案板前流泪。"
莫妮卡，天亮了，门开着
她又一次转身，隐没在黎明之外
那只蝴蝶犬从屋外奔到你床前
摇着尾巴舔你的手指，欢快
而热切
这些年，你给它食物、牵引绳
偶尔的拥抱和宠爱
它只是你生活的一部分
而你，是它黑白瞳孔里的整个世界
莫妮卡，新的一天开始了

新鲜的阳光落在书桌上

它安静地趴在你脚边

第四辑　我们在雨里

一场雪

莫妮卡,深紫色的睡莲盛开了
一朵,两朵,三朵……
淡蓝色的花瓶是新换的
窗帘也是,桌布也是
你拖地,刷碗,洗衣服
给阳台上所有的植物
都浇透水
你终于变成一个,热衷于
厨房和菜场的女人
你心爱的少年有时会站在你身侧
摸着你的头,喊你"小矮子"
你笑过之后,有了一丝忐忑
他越长越大,你越变越老
你无数次摊开的手掌,一直空空如也
你不再相信的,是白首与共的契阔
你抓不住的,是疾驰而过的时光
莫妮卡,北方下雪了
你收到朋友的来信

"矮鹿奔跑在大兴安岭的雪地里

裸露着旧伤痕……"

莫妮卡,去看一场雪吧

去一首早已写好的诗里

抱住一个

满头白雪的人

第四辑　我们在雨里

卖花的女人

莫妮卡,你蜷在黄昏的摇椅里
眼看着远山和天色一寸一寸
暗下来。你开始想念一个地名
一条街道,一个院落
一个房间号,一张单人床
那与你山重水复,相距一千七百多公里的
北方。河面结冰了,树叶掉光了
风声很大,雨点很密
你曾站在六月的天桥上
目睹火烧云是如何出现并消失
红彤彤的天空多么绚烂啊
天桥下是不息的车流
桥栏边坐着一个卖花的女人
她拥有慈祥的眼睛
深深的皱纹
洋桔梗和小雏菊安静地躺在箩筐里
散发出淡淡的香气
莫妮卡,你在天桥上站了很久

直到火烧云彻底消失

霓虹灯照亮整个北京城

你走下天桥,忍不住回头

那个卖花的女人

多像你离世多年的

外祖母啊

第四辑　我们在雨里

父亲

你已经很久没有和他见面了。莫妮卡
他居住在小镇上,他在楼顶种草药
在水缸里养乌龟
他做饭,散步,和邻居们打牌
他开始了退休后的晚年生活
他的鬓角新生了白发
他说话的语气远不及从前严厉
他在去年冬天,长跪在寒风中
泣不成声
他亲手送别了他的老父亲
你第一次看见
这个曾像山一样沉默伟岸的男人
也有满心的痛楚和
决堤的泪水
这么多年,你从未在诗里提及他
唯一的一次,你如此写道
"如果今生的女儿,是他前世的情人
那我,一定是最不受宠爱的那一个。"

这么多年

他来不及爱你

这么多年

他渐渐老去

莫妮卡,他是你的父亲

第四辑 我们在雨里

图书馆

莫妮卡,门窗紧闭,可满屋子都是

漏出来的风声

你无法确定,你深深想念过的人

是否也在深深想念你

你只好在台灯下,坐下来

给枯瘦的手指涂指甲油

在樱桃红和香槟粉之间,你选择了

鲜艳

冬天灰白,需要明亮的色彩

点缀其间。很多个暮晚

你独自走在图书馆空荡荡的走廊里

你听见慌乱的脚步声,从三楼

辗转到一楼

"书是人类进步的阶梯"

雪白的墙壁上

伟大的死者曾给世界写下

众多的箴言

风吹落叶

月亮有时突然涌出来

晚霞给乌云镶上一层好看的

金边

第四辑 我们在雨里

月光，或是枯槐

莫妮卡，北方的天空，旋转的
是漫天的雪花
一朵追逐另外一朵
一朵温暖另外一朵
你的双人床终于不再空旷
远道而来的哈士奇玩偶占据了
一大半的位置
你喜欢它憨憨的样子
你给它取了一个好听的名字
冬天说来就来
夜空中有永远不会陨落的星辰
道路上有永远无人问津的
尘埃
多少次
你在灯下安静地看书
你从梦里惆怅着醒来
那让你湿了眼眶的，是垂首的
月光和寒风中的枯槐

春天的消息

往一张宣纸上泼墨,墨迹很快

就干了。亲爱的莫妮卡

你微微颤抖的手,在明亮的白炽灯下

停下来。屋外的风声太大了

你打开空调,裹紧外套

还是有抵挡不住的寒冷

这贫乏的冬夜

雀鸟和锦鸡离开雪地

它们都到哪里去了?

莫妮卡,热水器坏了,厨房还在漏水

慵懒的小狗无暇顾及黑暗的楼梯

只有你拢在怀里的小雏菊

还在憧憬春天的消息

在野外,鸟鸣曾覆盖它

露水曾打湿它

如今它和你一样

停驻在一小片阴影里

拥有片刻的孤独和持久的

沉寂

新年还没有降临

"我要记住你的样子,像鱼记住水的拥抱……
我要忘了你的样子,像鱼忘了海的味道……"
莫妮卡,一首歌循环播放,听到老
一个人走在布满回忆的路上
忽然就湿了眼眶
你看,起风了,月亮出来了
三三两两的星子
在旧迹里踟躇
新年还没有降临
一切都是瑟瑟的样子
莫妮卡,一切都该结束了
你唱过的歌
飘散在风中
你爱过的人
消失在人群
莫妮卡,忘掉那些旋涡
忘掉那些心碎
收拾好你的行囊
离开这里吧

故乡

哦,莫妮卡,漫天风雪悉数卷来

灯影徘徊在窗外

凌晨两点半,你从睡梦中醒来

你几次想起昨夜微醺

你故意碰翻的酒杯

想起北方的大风和刺槐

在黑夜中,是如何练习枯萎

想起漫长的街道,浇灌玫瑰的

雨水。雨水中,告别的脸

模糊的鱼群,一直到

曦光铺满屋顶,道路蜿蜒着

通往远方

无数个消失的日子

又重新展开

莫妮卡,隆冬听风,回忆潜存

如果你愿意

为什么不留下来?

为什么不安顿好你的行囊?

为什么不把异乡,当作是

你的故乡?

桃江路六号

有时候仅仅凭靠一个梦,你就体会到了

心碎。亲爱的莫妮卡

更年轻的你,在梦中,转过身来

哭泣,祈祷,奔逃

当时光遁去,你得到过什么?

又丢失过什么?

你在梦里待得太久了,桃江路只剩下

流泻的雨水。多少人在雨水中

从相逢到陌路

从相爱到相弃

莫妮卡,寒潮从白雾中升起

树冠盛放风声

云雀带来离别的歌谣

你从窗口望出去

这是你生活多年的地方

你熟悉每一条街道

记得每一个巷口

你铺开白纸开始写信

"雨季来临之前,我要带上崭新的户口簿,去远方,开始新的生活。"

灼华诗丛／最好的秋天

外祖父

莫妮卡,这不是博尔赫斯的
天堂图书馆
这里最常来的,是老人、小孩
和流浪汉。有一次
你看见他,拖着一条瘸腿
从门外,一小步一小步
蹒跚而来
你连忙低下头
你不忍直视他的衰老
他的凄凉
当时间转过身来
你看到你的外祖父,也和他
一模一样
一模一样拖着一条瘸腿
一小步一小步,蹒跚而来
只是他大字不识
他从来没有出过远门
他从来没有去过图书馆

他的一生啊，日复一日往返的

是鱼塘、果园、牛栏、猪圈

是苍茫的青山

是起伏的稻田

弦月

——给陈罕

当我和她坐在餐桌前,一切

都安静下来

这安静下来的一切

让我暂且忘了,这人世的忧愁

"多拿些酒来,因为生命只是乌有。"

我惊讶于佩索阿的诗句

借她之口,对我说出

事实上,痛饮过玻璃杯里的葡萄酒

此刻它盛满的,是清茶

猝不及防,一些深藏多年的阴霾

还是顺着异乡的灯光

溢出来

流淌的暮色越来越浓

无数盏街灯渐次亮了

白杨树和鸟巢一如既往

在寒风中摇晃

一切都安静下来

一轮弦月高悬在

我的窗外

弦月之下,突如其来的

悲伤

击中我

竖琴

一场音乐会上
一把竖琴,让我出神

这世界上最古老的拨弦乐器之一
这起源于古波斯的,有弦之弓

我曾在诗里写下它
是源自我的一个梦吗?

在此之前,我从来没有想过
有一天,我会离它这样近,这样近

一场音乐会上
一把竖琴,让我出神

你们相信吗,这就是曾在我的梦里
出现过的,那把竖琴

这样的夜晚

从夜色中推门而入,我又听见了
紧贴树梢的风声。为了缓解加剧的
头痛,我只好从抽屉里翻出
止痛片,吞下去
之后,我开始站在书桌前
抄写《心经》
三十多年前
我的祖父
也曾在这样的夜晚
唤我铺纸,研墨
小小的我
站在小小的板凳上
歪着头,看他
挥毫泼墨
看他,沉静的侧脸
鲜艳的红纸上
每一个乌黑的汉字
都曾带给我

一个美妙的世界

三十多年后

这样的夜晚

当我重新站在书桌前

挥毫泼墨

他已经死去两年

可是我还是忍不住

想起他

沉静的侧脸

第四辑　我们在雨里

月光照耀过他

原来,北方的喜鹊

也畏惧,这彻骨的寒冷

清晨七点,我终于听到白杨树上

传出的鸟鸣(比以往足足迟了一个小时)

当我推开窗,仍是看不见

那一张张泥沙俱下的脸

那没有完全消失的、远山的悬月

仍是褪色的,残缺的

轮回的北风,吹不动她

多少年来,她在无数个屋顶

唱歌,打盹,做梦

等待白雪

从空中落下

等待春天

从深山走来

那个趴在月光下,写作业的

少年,已经长大

月光照耀过他,流水抚慰过他

可是如今,他却不肯开口

叫那个在深冬里醒来的女人

一声,妈妈

第四辑　我们在雨里

家书：春天

父亲，北方的春天还没有开始
南方的春天就要过去了
我就要回来了，父亲
异乡的油菜花，开得很早
无数只闪烁着光芒的蜜蜂
在广袤的田野里，忙碌不休
养蜂人搭起的帐篷
在阳光和雨水的轮回交替中
隐秘，静立
看到这些，我便想起童年的
那个漫长的假期
你骑着自行车，驮着扎羊角辫的
小小的我
颠簸在乡村的小路上
途中，瞌睡中的我
把左脚伸进了滚滚的车轮
鲜血瞬间染红了我的袜子和
裤腿。午间的乡村小路啊

安静极了，只有古树下传来几声

犬吠

只有一群蜜蜂，在花丛中

来来回回地飞

当我终于停止了哭泣

把头靠在你汗涔涔的背上

我听到了流淌的风声和鸟鸣

此后多少次午夜梦回

我总是看见，安静极了的

乡村小路上

那张充满愧疚和不安的脸

父亲，北方的春天还没有开始

南方的春天就要过去了

我就要回来了，父亲

家书：黄昏

父亲，我终于又坐在黄昏的窗边
弹琴。雨下了整整一天
空寂的街道，枯黄的街灯
都浸染在雨中
风一吹，那些仿若一直站在梦境中的
阔叶榕
便开始唱起永无穷尽的歌谣
三月的最后一天过去了
我曾经无比厌弃的
如今却已成为我深深怀念的
百年广场，梅子山，桃江路，解放桥
我又依次路过它们
那天当我不远千里，风尘满面
推开家门
我的蝴蝶犬呜咽着，扑到我身上
那一刻，我几欲落泪了
父亲，在异乡的那些黄昏
我最不敢、最不忍回首的
便是你和母亲
我真是害怕和母亲通电话啊

每一次，我都会忍不住

湿了眼眶

父亲，多年前的一意孤行

终是让我饱尝了生活的苦涩

关于结局

其实命运之手早已埋下伏笔

可剧中人深陷其中

浑然不知

于是逃离便成为摆脱困境

忘却苦痛的唯一方式

只是故土难离啊，父亲

我如今深深怀念的，是童年的

玉舍村

是袅袅的炊烟

是一轮新月

几颗霜星

是一日复一日，推窗远眺时

不染纤尘的

万里晴空

孤岛

现在还醒着的,是雨
和我,是千里之外的孤岛
是微微的西风
是那日黄昏,落满屋脊的
灰鸽子
是猝不及防的眼泪
是离人心上秋

白袍子,白鸽子

该怎样才能写下?河水的对面
是教堂
落日的余晖里,开满了野蔷薇
站满了灰鸽子

她遇见过来自远方的神父
他身穿宽大的白袍子
他蹲在春天的草地上喂鸽子
白鸽子,灰鸽子

她从来没有遇见过的
是在教堂里举行的婚礼
盛大的婚礼
陌生的婚礼

她低头望了望空荡荡的手指
她想起一个人的名字
她不再是他的妻子

秋分

所有的露水都在等待收割的原野
所有的告别都在回首旧日的重逢
是什么,让我在秋风里有抑制不住的痛楚
是什么,让我在人群中哽咽着说不出话来

我又是如何回到这里
带着纷乱恍惚的一场雪崩
我又该如何离开这里
带着此消彼长的孤独和回声

流水永不停息啊
我们路过的地方
幌伞枫颂祷隐约的寂静
落羽杉披覆雁阵的怜悯

我们走啊走,从清晨一直走到黄昏
从溪流一直走到山顶
雁过留声,我故意跟在你身后
踩着你失散在雨中的脚印

读《城市与狗》

那么多的少年聚集在这里——

他们聚赌，偷窃，群殴

抽烟喝酒，越墙出逃……

可是阿尔贝托，你在黑夜里

凝视黑夜的镜子

你在白霜覆地的校园里

等待朝阳和钟声

你铺开信笺替羞怯的少年

给心爱的姑娘写长长的信

你看到你唯一的朋友

在演习中被枪杀……

可是阿尔贝托，那一年

秘鲁的秋天俱寂

你终于涂上时间的药膏

在褪色的秋天，静静地坐着

你深褐色的眼睛里

只剩下，终此一生的灰烬

四行

从来没有比这更安静的黄昏
我们站在悬铃木下
我们的身后
是万千送别的人

痛彻心扉

我最终还是选择了放弃

一夜未眠。风声坠地

弯曲的流水带来秋天的消息

一棵银杏树站在窗外

高举终结的叶子

一个孤独陌生的人

走在一个孤独陌生的城市

一场荒凉的雨,埋葬了

我们在夏天的所有足迹

有的话不能说两次

有的人在反复伤害自己

我的执念仍在于此

去与留,都痛彻心扉

对不起,我爱你

送别

我知道,如今说什么
都是无用
灰色的深渊,有无法往返的
记忆。黑夜短暂
凌晨的天空开始下雨
我想起弗朗西斯卡和罗伯特
雨中的诀别,我终是体会到了
她的绝望和心碎

结局

越来越空。是远云,是碎片
是风中飘摇的白蜡树
是恍惚的湖水和哐哐的车厢
是黑夜边缘的悬崖,是梦境里的荫翳
是斜阳若影,是空无一人的溃败和孤独
是雨。是平息的灰烬
是时间粉碎了时间
是告别填满了告别

是人海茫茫。是你
我永远,不会再爱上

我们在雨里

一场雨,一场下了整整一生的雨

我们在雨里

我望着你,一生的你

黄昏从来都只属于相爱的人

在人群中,她总是孤单的
哪怕他曾为她指认过一轮皎月
曾带她路过一片幻想的草地

她因他写道:我不要和任何人告别,包括你
她独自到广场上寻找鸽子
顶着烈日去地下书店翻看书籍

她记得那个清晨,她站在旷野里
看见柚子树结满落日般的果实
青椒又一次在寂静中捧出泪水

她记得那个下午
远古的陶罐在纪念馆展出
雨中的街道以一个诗人的居所命名

她因他写道:黄昏从来都只属于相爱的人
自始至终,她对这份残缺的美
一直充满不舍和感激

北方

我终于确信,我是在北方的鸟啼声中
醒来。窗外树影婆娑的
是一排繁茂的白杨
可是白霜将至,它们很快就会掉光
所有的叶子
几只花喜鹊站在秋天的枝头
唱歌
就在昨夜,我梦见千里之外的故乡
(那相距一千七百公里的南方)
那里芦苇茂密,游鱼拥挤
我的外祖母坐在开满桂花的院子里
纳鞋底
她拥有深深的皱纹
枯瘦的手臂
她爱过的所有人
都不曾离去

白鹭

久不见白鹭,忽然想起它们

尖尖的喙,细长的腿

那年秋天

我们不远千里

来到北方的湿地公园

看一群白鹭纷飞

最苍老的那只

独自站立在夕阳下

它的翅膀倒映在流水中

它的眼睛里

有无法描述的伤悲

一九八三

三十七年过去了,我丧失的
是和那一年相关的,所有的记忆
而此刻,记事簿里,只剩下
寥寥几行
永远不可磨灭的文字
一月九日,曾侯乙墓大型编钟复制成功
四月二日,张大千逝世
十月二十五日,美国入侵格林纳达
时间真是一把断弦的竖琴
落日滚滚的黄昏
有人相爱,有人离散
有人新生,有人赴死
如果下一个三十七年过去
明月是否仍是寺庙的前身
飞鸟与鱼是否依旧不同路
山与水,我与你
是否从此不相逢

写给他

我已疲于再为他写下只言片语
凌晨四点
当我从梦中哭泣着醒来
整个世界一片漆黑
只有江面的渔火
仍然不知疲倦地闪烁
此时此刻
没有早起的人在城市的边缘走动
没有一轮明月像亘古的铜镜
高悬在我的窗外

良愿

一杯红酒加深了我的醉意

可是我是多么羡慕

眼前的这对耄耋老人

经历那么多风雨,从青葱走到白头

明亮的屋子里,他泡茶,切苹果

她洗杯子,煮咖啡

对窗外流淌的时光,浑然不觉

她出门买菜,他提醒她

换上棉袄,系上围巾

不要忘记桌子上的零钱包和手机

整个上午,我看着他和她

在屋子里来回走动,谈笑

呼喊对方的名字

那么温柔,那么亲密

这多么像记忆中

我的祖父和祖母的样子

这多么像记忆中

我的父亲和母亲的样子

如果此时，窗外传来风声，雨声
孩子的啼哭，机器的轰鸣
唯愿，唯愿不要打破
这世间，最美好的宁静

第四辑　我们在雨里